Nobody knows
the children
in this world

那一日，
我不再是我

松村涼哉
Ryoya Matsumura

輕文學
Light Literature

滿開的櫻花樹下。

應該是立井潤貴迎接結束的場所。

——既然你都想死了，要不要假扮成我的分身？

那是一個雙眼如通透冰塊般冰冷的男子。

——別擔心，世界對我們沒有興趣。

他造就了無人所知的祕密。

那一天，立井潤貴再也不是「立井潤貴」。

1章

立井潤貴因為鄰居的罵聲而醒覺。

他在毛毯裡動了動身子，拿起放在枕邊的手機看了看時間，早上五點。他朝著一旁送出憤恨目光。鄰居的腿穿過分隔立井與鄰居的隔間窗簾，侵佔了立井的空間。那是一條骨肉如柴的腿，還能聽見呻吟般的鼾聲。

沒打算繼續睡，於是爬起身來的立井覺得頭很癢，在意識朦朧之下搔了搔。抓過頭髮的手接觸到鼻子，一股汗臭令他在意起來。上次洗澡是前天。他利用手機確認今天星期幾，並得知今天是該洗澡的日子。

他拉開窗簾。

冰冷空氣流入。

持續熟睡的鄰居那一側的窗戶大大敞開，能看見黎明時分的街景，染成淡紫色的屋頂一字排開。雖然很想再多看幾眼，但縱貫房間放置的三層板遮住了風景。

整張臉被頭髮和鬍子蓋住的鄰居又開始呻吟，原本伸出的腿縮回毯子內蜷縮起身體，看起來像在發抖。

立井遲疑了一下，盡可能不要動到窗簾，悄悄地侵入了鄰居的空間。他先以腳跟落地，無聲無息地靠近窗戶。途中，男子身上散發的噁心體味刺激鼻腔，讓他停下腳步，看了看鄰居毫無血色的嘴唇後嘆了口氣，接著關上窗戶。

他摩娑著冰冷的身體回到自己的空間，三層板另一邊傳來鬧鐘以及另一位鄰居翻身的聲音，但吵鬧的鬧鐘聲仍不停歇。接著傳來再另一位鄰居露骨的咋舌聲後，鬧鐘才停止作響。

立井重新體會到這裡真的有四個人呢。

四個人住在這四坪大的單間房內，利用三層板和窗簾區隔成四塊的房間裡，除了立井之外，還住了兩位年邁的男性與一位中年男子。

幾度迎接幾乎要凍死人的早晨，才知道空調不是奢侈品，而是必需品。立井想像起夏天的狀況，不禁發毛。原本三天洗一次澡的頻率似乎會改成兩天洗一次，但在鄰居們散發出的惡臭之下應該也只是杯水車薪吧。

立井嘀咕了聲「饒了我吧」，用手梳順頭髮之後，走出房間。

早餐已經在一樓餐廳準備好，餐點只有吐司麵包與水煮蛋。雖然立井本來就不抱期望，但看到還是很洩氣。

桌前有一位戴著眼鏡的男子正透過電腦觀賞影片，應該是非法上傳的影片吧。男子一早就在看娛樂節目，勾起嘴角笑著。

立井朝男子問候，但男子仍只管凝視電腦螢幕。立井發現男子戴著無線耳機，只能更大聲喊他。

男子總算抬起頭。

「嗯？喔，是立井啊。」男子摘下耳機。「怎麼了？」

他是立井住處的管理員。

立井壓低聲音說：「請問，醫院那件事怎麼樣了？」

男子臉上的笑容消失。

「還在跟上頭討論。」

「但已經過三天了。」

「上頭會判斷。」

管理員再次戴上耳機，表示出沒意願再和立井講下去的態度。

立井不知道管理員所說的「上頭」是什麼。

他忍住想大罵的心情，抓起早餐的吐司與水煮蛋往屋外去。他不想與管理員待在同一個空間裡，也不想回到滿是臭氣的房間內。

穿上鞋子來到外面，潮溼的風吹來。掛在玄關旁的招牌發出嘎吱聲，立井狠狠地瞪向招牌上的文字。

免費廉價住宿「燕窩」。

這是十九歲的立井潤貴的住處。

立井鎖定八點半的開門時間前往就業服務中心。

老舊的建築物裡面充滿各種年齡層的人。隨著來的次數增多，立井已經可以馬上分辨出旁邊的人是來求職或者求才。這兩者的腳步聲不同，求職者大多跟自己一樣，踩著有氣無力的腳步聲。

他透過終端機尋找新登錄的求才資訊。現在的自己沒有餘力挑工作，因此沒有在希望職種的欄位上輸入任何資料。他不是要找想要的工作，而是能做的工作。但顯示出來的結果卻是連看都不必看。

立井拿著明顯匹配不上的求才單前往承辦窗口。等了一會兒後，曾見過的女性職員出來承辦。不出所料，她看了立井提出的求才單之後面露難色，具體說明這家公司很難推薦云云。立井只管點頭，也不期望能被介紹進去。他只是為了領取補助，而需要有求職的實際作為罷了。

立井見過這個女性職員好幾次。她是一位年紀跟立井差不多的短髮女性，說不定比立井還小，但立井一直希望對方比自己年長，只是想要守住自己微不足道的自尊。

女性職員提醒立井，他想應徵的事務職位必須具備最基本的電腦技能。立井現在正在參加ＷＯＲＤ與ＥＸＣＥＬ的教學講座，還不具備可以應徵事務工作的技術。

但立井無法應徵肉體勞動職。

因為他在半年前的短期派遣工作中弄傷了腰。在港口把裝滿大豆的袋子放上卡車時，突然一陣劇痛讓他無法起身。起因是他被迫做了一整天會增加腰部負擔的勞動工作，而那裡似乎原本就是非法職場。他後來才知道，法律禁止在過度重勞動橫行的港口施行派遣業務。

「如果你能治好腰傷，我就能介紹餐飲或看護相關職位給你……」職員露出同情的表情。「立井先生，你去醫院了嗎？」

「之後才要去。」

職員皺眉，壓低了聲量。

「平常我不太會追究太多，但立井先生居住的住處是正常的地方嗎？」

「如果正常，」立井開玩笑道。「應該會把補助資格證還我吧。」

職員一副「果然」的態度搔搔頭，並以同情的眼神看向立井。

「你為什麼住在那麼惡劣的住處……」

立井簡單說明了自身狀況。

高中輟學之後，雖然找到一家提供單身宿舍的公司就職，但公司很快倒閉。他沒有儲蓄可以讓他花時間找工作，只能過著短期打工與在網咖過夜的生活。然後傷了腰，無法再工作的他只能依賴行政補助，生活輔導員於是介紹了「燕窩」給他。

「輔導員介紹的……？」職員一副意外的態度睜大了眼。

「我想對方也是知道我的狀況。」

福利保障所的輔導員一副很抱歉地對立井說，沒有其他地方有空間能收容他。包括未滿二十歲者能夠入住的自立支援機構與自立支援中心，都沒有餘力收容他。

「你的父母或親戚沒有人可以依靠嗎？」

女性職員彷彿無法接受般追問。

「母親已經死了，父親雖然還活著，但聯絡不上。」

「這樣啊……」

「我沒有其他人可以依靠，甚至一開始還無法申請生活保障福利。」

無法工作的立井雖然去了市公所申請生活保障，但市公所的應對非常隨便。因為他們認定立井有接受父親援助，並且只會叫他拿腰部受傷的診斷證明過去。即使立井表示沒錢就醫，但公所那邊仍不予理會，只是丟給其他部門處理。

結果，他只剩下依賴經營燕窩的福利法人。後來他和這裡的住客聊天，才知道這法人背後經營著反社會組織。表面上看起來是正常福利事業，但背地裡是讓遊民去申請生活保障福利，並且每個月抽成的灰色集團。如果沒有他們幫助，立井甚至連生活保障都請領不到。

「因為這裡是就業輔導中心，所以我無法評斷其他單位的業務。」

職員蓋好筆蓋。

「先從重整生活開始。你可以再去一次福利保障所徵詢，看是要離開目前的住處，還是去醫院就醫，然後再找工作吧。」

立井稍稍頷首後站起身來。

腦中一隅想著，應該不會再來這裡了。

生活保障福利的請領對象若想接受醫療補助，必須到福利保障所開立醫療單據，而在立井居住的行政區裡，必須持有補助資格證與印鑑，才能夠開立醫療單據。因此他必須從管理員身上拿回這些東西。

如果沒有醫療單據，他就沒錢就醫。生活保障金有八成都被管理員抽走了，立井每個月手邊大概只剩下三萬日圓。「燕窩」的窮酸餐點根本無法讓立井吃飽，所以他必須另外買東西吃。營養均衡什麼的根本不在考量之中，偶爾必須購買保養食品，再加上手機費與當下必須的治裝費等等，立井每個月能自由運用的錢只有數百日圓，被迫過著在泡麵貨架前猶豫是否要購買便宜一些的小廠品牌泡麵的生活。而這些私下購買的食物也會在「燕窩」裡面遭竊，落得無從哭訴的悲慘下場。

他回去之後，首先來到管理員處。

管理員在與早上相同的位置愉快地玩著網路遊戲。

「請問，現在方便嗎？」立井說道。「我想立刻就醫。」

管理員露出一臉不悅的表情。

「還在跟上頭商量。」

「我要去醫院有什麼好商量的，請把補助資格證與印鑑還給我。」

「不行，規定就是由我統一管理這兩樣。」

「那我要離開這裡，要是你拒絕，我就去通報市公所。」

立井厲聲說道，管理員稍稍動了動眉。

「通報了之後你打算怎麼辦？」

管理員以小刀般銳利的目光看過來。

「你不就是因為沒地方可去，所以才來這裡嗎？」

立井苦悶地垂下臉。

管理員言下之意是說，他頂多再被安排到類似的設施，甚至可說他眼底帶著打從心底憐憫立井的情緒。

他說得對。現在的立井就是一個有腰傷、高中中輟、無業、沒有任何專業證照的人。結果只能跑去福利事務所求情，請他們想辦法讓自己就醫。

立井握拳，肩膀顫抖。

這時管理員突然露出嬉鬧般的笑容。

「——我本想這樣對你，但狀況改變了。」

管理員好似突然轉成好心情，以手指敲了敲電腦的液晶螢幕。

「你來這邊。」

立井不禁「呃」了一聲。

「上頭的人剛剛來了聯絡，說想錄用你。」

「錄用……？」

「這很難得喔，真的幾乎沒有。」

出乎意料的提案讓立井睜圓了眼呆楞住。立井這個反應似乎讓管理員感覺很愉快，只見他露齒而笑。

「哎，你跟這裡大多數人不一樣，還年輕。真是不錯呢，你算是出人頭地了，要變成管理的一方了。」

管理員用手肘頂了頂立井身體，對他笑了笑，這舉止感覺很像多了學弟的高中生。

立井內心卻與他活潑的態度呈現對照，非常平靜。

「那是……管理類似這裡的工作嗎？」

「嗯，就是類似的業務吧。」

管理員一副沒什麼大不了的態度說道。

立井腦海浮現管理員過去的所做所為。每天早上頹廢地在電腦前面度過，並且忽略住戶希望他開空調之類的小小請託，心情不好時甚至會毆打其他住戶。只要一喝酒就會反覆說「我背後可是有黑道」之類，像是小混混才會說的話，炫耀不值一提的英勇事蹟。

「——容我拒絕。」

回過神時已經這樣回應了。

想死。

立井離開住處後便這樣下定決心。

選項只有兩種，像管理員那樣壓榨弱勢，或者乾脆一死。

這不是誰不好，也不是有什麼不好，只是自己誕生在這樣的命運之下。神明從天上丟下的石頭剛好砸到自己，因而被選定在天使吹著恭賀的號角之中，走上十九歲自殺身亡的命運。

對立井來說，熟悉的地方只剩下商店街角落的置物櫃。這裡沒有屋頂，暴露在日晒風雨之下生鏽的櫥櫃，收費比車站裡面的便宜一百圓。十年前應該是橘色的油漆，都褪色成了桃紅色。

置物櫃裡面放了冬季大衣、中學時代的畢業紀念冊、好幾代以前的數位相機、書寫凌亂的日記本以及輟學高中的學生證。這些東西若是放在住處可能會被偷走，所以他才收來這裡。但到了快去死的現在，不禁覺得每天花三百日圓就為了收這些東西也夠愚蠢的。

他把除了大衣以外的東西收進包包，應該可以用來證明死者身分。大衣則扔在車站的長椅上，與自己有類似遭遇的人或許會撿走。反正只是花兩千日圓購買的二手衣。

立井背起變得沉重的包包，走在商店街，心情也跟著沉重起來。

一直都是這樣，只是經過店家前面就覺得自己很可悲。

旅行社前面貼了巴士遊日光傳單，兩天一夜要價兩萬五千日圓；義大利餐廳前的落地看板上面寫著晚餐套餐三千五百日圓；銀行外貼有推薦投資信託的海報，表示可以提供比保險公司更安心的方案；服飾店販賣超過五千日圓的大衣；西式點心店有一個要價三千日圓的家庭號蛋糕；香水店裡標榜「送給心愛對象的禮物」的小瓶子正閃閃發光。

這些都跟自己無關。

沒有人需要窮鬼，緊緊捏著千圓鈔的人不會被放在眼裡。

——這個世界不需要自己。

許多朋友都離開了自己，對總是找人借錢的自己死了心。

這種人只能一死。

為了斬斷留戀，立井到便利商店買了價位略高的威士忌與炸雞，瞬間花光所有財產。這下子也無法去網咖或者速食店過夜了。

失去所有財產後，不知為何覺得很輕鬆。

剩下只要選出死亡的地點。幸好他心裡有備案。

免費住處附近有一座可以賞花的公園，櫻花樹沿著一級河川種植。現在正值花季，人生最後可以在落英繽紛之中死去，也是挺風雅的。

立井來到公園角落，邊賞著櫻花邊品嚐威士忌。雖然是最後的小酌，但自己的舌頭分辨不出這威士忌與廉價酒的差別。正當他自虐地想著早知道買發泡酒就好時，周圍已看不到人影了。

半夜兩點。

立井因寒冷而發顫，並後悔著早知道不要丟掉大衣。既然晚上這麼冷，那麼到早晨來臨前應該不會有人發現吧。他把準備好的塑膠繩繫在櫻花樹上，弄成恰到好處的高度。剩下只需要爬上樹，把繩子掛在脖子上就好。原本想過要開著手機的錄音功能錄下遺言，但因為剩餘電量不多而作罷。

他像抓著交通工具的拉環那樣抓住塑膠繩，並確認其強韌度。即使稍稍在這株公園內最粗壯的櫻花樹上使力也文風不動。

正當他心想差不多該結束這段生命，而打算爬上樹的時候。

「你該不會想死吧？」

背後傳來聲音。

回過頭，一位高個兒男子站在那裡。他的皮膚白皙，戴著眼鏡，看起來像十多歲，也可能是二十幾歲的青年。在還留有寒意的三月下旬深夜之中，只做了白襯衫配黑長褲的簡單打扮。但那彷彿能看透一切的陰暗雙眼，以及連個表面笑容都沒有的面無表情令人印象深刻。

「……是啊。」

雖然對方是個可疑分子，但立井沒有隱瞞想要自殺的念頭。都到這一步了，根本沒有罪惡感。他不會動搖自身選擇，也和這位男子沒有關係。

立井戒備著男子是否會阻止他自殺，男子伸出了手。

「那，錢包給我。」

立井說不出話。

沒想到自己會遭到恐嚇。

「你真的想死的話應該可以拿出來吧？」

男子催促般伸手，表情依舊毫無變化。

他說不定是委婉地想揶揄立井「反正根本不是真的想自殺」吧？立井發現這點，不禁嗤鼻一笑。

自己是真的想死，怎可能因為錢包就動搖。

「我只剩下不到一百喔。」

「無所謂啦。」

立井從包包取出錢包扔了過去，男子連看都不看現金一眼，開始翻找卡片夾，隨後取出個人編號通知卡。這是立井現在唯一持有的身分證明。

「立井潤貴，十九歲。」男子仍面無情地點點頭。「終於找到了。」

男子瞬間瞇細眼睛，並且把立井的身分證收進自己口袋。

「欸，立井同學，既然你都想死了——要不要假扮成我的分身？」

立井啞口無言，男子繼續說道：

「用我的居住證去租屋，用我的錄取通知書去上大學，用我的學生證去打工，用我的保險卡去醫院看病。既然你都想死了，要不要當我的分身活看看？」

即使聽他這麼說，也無法理解含意。

但這個男子似乎打算讓自己活下去。他並沒有丟來空虛的一般論調，也沒有宣揚無力的安慰話語，而是提出了非常具體的救濟方案。

變成他人而活——？

想也沒想過的提案。

——真有這種生存方式嗎？

一陣風吹過，立井視野中的某物搖晃。

那是方才他繫上去的塑膠繩。

能夠收容人頭的空洞飄在黑暗之中，讓立井想起他剛剛打算做什麼，膝蓋突然發起抖，淚水滲出。

無論怎樣說服自己，真心話都很明白。

我還不想死。

男子名叫高木健介。

他沒對立井說明詳細，就攔了一輛計程車，報上位在新宿的住處。

途中他什麼也沒說，可能是不想讓司機聽見吧。

立井從對死亡的恐懼之中解放，突然在意起高木到底在想什麼。

高木挺直了背看著前方，在快速道路的橘色燈光照耀下的表情依舊冷酷，簡直像機器人。不，這年頭的機器人還比較有表情變化吧。

該不會被抓去賣器官或者成為犯罪的幫兇吧。

漫畫情節般的妄想浮現，立井漸漸開始覺得自己很蠢。

無論高木有什麼盤算，自己都沒有逃跑這個選項。

計程車在西新宿停下。

高木帶領立井來到自身住處，是電梯大樓高樓層的兩房兩廳格局。一個人住這種房子確實有點太大，但裡面感覺不到有其他人居住的氣息。東西少得像是樣品屋，只配備了最低限度的基本傢具，是一間連樂器和海報都沒有的煞風景房間。

高木看了一眼掛在牆上的時鐘，嘀咕了聲「已經四點了啊」。「你要現在聽我解釋，還是先睡一覺？」

「請先解釋清楚。」

「喝礦泉水好嗎？」

高木從冰箱取出寶特瓶，並將之與玻璃杯一起放在桌上。因為椅子只有一張，所以立井猶豫了要不要坐下，後來在高木催促之下入座。

高木擺出幾張卡。

保險卡、私立大學錄取通知書、個人編號通知卡，這些當然都是高木健介的名義。

「剛才我也說了，我希望你代替我過生活。我可以提供住處，你也可以拿我的保險卡就醫，利用我的學生證去打工。」

立井依然無法理解其中意義而皺眉，這樣只有對立井有好處啊。

「為什麼？」

「你的問題很含糊呢。」

「你想要我做什麼？」

「沒特別，只希望你以我的名義去上大學。」

「……只有這樣？」

「嗯，我馬上就要升上大學了，下禮拜就是入學典禮。」

立井以為他會下達嚴苛的命令，因而傻眼。

代替他上大學。

在那之後，高木進行最低限度說明。高木考上了文學系，而且大學沒有人認識他，所以立井可以理所當然地去上課。高木會提供立井多出來的房間與當下所需的資金讓他生活，在不影響學業的情況下，立井可以自由享受社團一類的大學生活。

立井不禁畏縮，這也太好康了。

「還有其他問題嗎？」高木送來冰冷目光。

雖然問題多如山，但立井顧慮到現在是大半夜，於是將之精簡。

「你沒想過如果我逃跑了該怎麼辦嗎？」

「你會逃跑嗎？」

「呃，正常來說都會吧？只要有保險卡就可以去借信用貸款，你不怕我捲款而逃嗎？」

「我希望你能好好愛護我的名字。」

高木輕輕揮手。

「不然你會後悔。」

這威脅挺抽象的。

但他那對深邃漆黑的雙眼確實有著威壓感，讓立井沒有付諸行動的念頭。雖然冰冷的目光和白天負責處理立井事務的女性職員差不多，然而高木的眼神在本質上有著明顯差異。

立井嚥了嚥口水，心想還是別妄動比較好。

原本他就覺得如果要那樣苟活，還不如死了痛快。

——希望能當個正確的人。

「先睡吧。」高木別開目光。「如果腰會痛，明天就去醫院。」

他似乎是從立井走路歪歪扭扭的狀況察覺到。

立井於是不再提問，來到分配給自己的寢室入睡。

他已經很久沒有在安靜的床上睡著了。

於是，與高木健介的共同生活開始了。

立井首先在意的是會不會穿幫這點。

保險卡上面記載了高木健介的個資，二十歲B型。

血型跟立井相同，但年齡差了一歲。長相雖然有幾分相似，但體格是從事過肉體勞動的立井比較壯碩。

立井擔心會不會立刻敗露而被警察追究。

但這是他杞人憂天。

醫院絲毫沒有起疑。立井只是出示了保險卡，醫院毫不猶豫地開立了診療單。即使在候診室等待，聽到傳喚「高木先生」時立井沒有立刻反應過來，承辦員也沒有覺得哪裡不對。

辦理大學入學手續時也是一樣。立井假扮高木健介在一週後出席了入學說明會，提交了辦理學生證所需的照片，承辦員也直接受理。承辦員雖然拿起了入學考試時的准考證上照片比對了一下，但沒有發現不是同一人。

沒有人懷疑他拿著別人的身分證這項事實。

即使與其他學生搭話，也沒有人懷疑立井的自我介紹，只是笑著說：「高木同學，你有沒有想參加什麼社團啊？」

太神奇了。

「這是當然啊。」

立井向高木報告此事，他一副沒什麼大不了的態度說道。

雖然有人會懷疑考試或者上課找槍手代勞，但一般人很難去想到一介大學生身上會發生包含學生證在內，由一人徹底假扮成另一個人的狀況。另外，入學時有好幾百個高中生為慶祝上大學而染髮、化妝，所以本人與准考證上的照片有差異是很常見的狀況，承辦員也不會一一比對，何況立井和高木長得有幾分神似。至於保險卡這邊，如果是外國人拿就會被懷疑是借用，但基本上都會信任日本人。

高木平淡地如是說明。

因為他說得太沒有抑揚頓挫了，甚至讓立井誤以為這樣是合法行為。

「這原則上是犯罪吧？」立井如是確認，高木則笑著說：「不是原則上，徹底就是詐欺罪。」

原來如此。立井理解般頷首。雖然良心過不去，但這也無可奈何。

——兩人之間的祕密不能被任何人發現。

這就是檯面下的規矩吧。

立井擔心自己今後是否能持續遵守，高木露出溫柔的眼神。

「別擔心，世界對我們沒有興趣。」

這句話裡頭充滿放棄的情緒。

高木直直地凝視著立井的臉。

「學生證下星期就會辦發下來，那是上面使用了你的照片的身分證明。」

他深深頷首。

「你將完全化身為『高木健介』。」

只要持有附照片的身分證明文件，就可以去銀行開戶，也可以申辦手機，甚至能夠面試打工。

體悟到這點後，立井心中產生一股難以言喻的不安。

他找不出答案。

如果自己將化身為高木健介而活──

屆時，眼前這位男子將如何證明自己是「高木健介」呢？

高木健介是一位神祕的男子。

早上起床來到客廳，發現他正邊啃著穀物棒邊看書。

碰到大學空堂回家的時候，可以聽到高木房間傳來敲打鍵盤的聲音，而且還敲了相當久，這之間都沒有上廁所或進食。立井悄悄從門縫之間窺探，發現他雙眼冷酷地瞪著電腦螢幕。

而當立井晚歸時，房間則熄了燈，一片寂靜。

他不外出，冰箱裡面塞了大量冷凍義大利麵與蔬菜汁，似乎不愛外食。採買則是透過網購，宅配箱每星期會出現一次包裹，簡直就像不想浪費時間那樣。

立井雖然很想問他究竟是何方神聖，但總是錯過時機。兩人的生活步調完全錯開，即使偶爾有機會在客廳碰面，高木也總是專心地讀著書。高木不曾主動向立井攀談，兩人之間唯一的交流只有高木留下的紙條，上面寫著「想請你在大學圖書館幫我借一本書」。

立井重新思考，時機只是藉口。

他害怕高木。

雖然立井很感謝高木，但更覺得他詭異。讓別人代替自己去上大學的這個男子，白天都在做些什麼？自己該不會不僅假冒了他人身分，甚至助長了犯罪行為呢？

某天，立井打完工回家，看到高木在客廳裡，且很難得地沒有讀書，快速轉台看著電視。

好機會。

「方便借點時間嗎？」立井鼓足勇氣搭話。「你到底是何方神聖？」

高木看了看立井，一副覺得很無趣般關掉電視。看來他原本就沒有特別想看什麼節目。

「偶爾一起散個步吧。」

他簡短說道。

從分身生活開始後，這是兩人首度並肩而行。

四月夜晚，雖然仍有幾分寒意，但不至於凍人。

高木心中似乎已有目的地，腳步毫無猶豫。

他鑽著大樓縫隙間走著，進入深夜營業的大型書店。

兩人前往文學書區，對於只會翻閱八卦週刊的立井而言，這是一塊不熟悉的區域。毫不遲疑地前行的高木來到一個書櫃前，接著陷入深深沉默。立井看到「潮海晴特集」的宣傳海報，兩種書填滿了這個櫃子。在深沉的黑色之中點綴炫目紅色的封面相當吸引目光。

立井對這書有印象。

高木拿起兩本去收銀台結帳，付完錢之後把袋子遞給立井說「給你」。

立井稍稍低頭示意，重新垂眼看向書本。

「你房間好像也有這兩本書……」

「那是我寫的。」

立井「呃」了一聲，高木點點頭。

「我以為你早就知道了。」

高木離開書店，在自動販賣機購買礦泉水和可樂，並且把寶特瓶裝可樂拋給立井，接著又走上夜晚的道路。

立井在路燈之下翻閱高木購買的書本，作者經歷欄上除了去年出道之外，沒有其他訊息。看著書腰上的累計發行本數，能夠推測得到他應該是相當出名的作家。立井回想起來，確實有在電車廣告上看過「潮海晴」這個名字的印象。

「『潮海晴』是你的筆名？」

「雖然考上大學了，但我忙著寫作，其實是想過休學。」

「原來如此……」

「雖然這是個靠實力分勝負的業界，但也是有重視學歷的無聊分子，而且沒有任何人能保證我可以當一輩子作家。不過現在我忙著寫作，所以希望能有人去幫我念到大學畢業。

除了「好強」之外說不出其他話的立井毛躁地翻開封面，看著書腰上的推薦文並為之震懾。雖然很驚訝，但所有疑惑的事項全都解開了。高木之所以窩在自己的房內，是因為他在寫小說。

兩人走著走著，來到一座公園。那是一座位在高樓大廈夾縫之間，以磚塊建造的公園。高木緩緩在長椅上坐下，立井也跟著坐在高木身邊。

「接著輪到你了。」高木一臉正經地說。

「輪到我？」

「你為什麼選擇自殺？」

立井吃了一驚，這麼說來他確實從沒問過。儘管立井覺得很不可思議，仍說起自己腰受傷的狀況。

「我想從更之前開始了解。」高木打斷他。「你為什麼高中輟學，出來工作呢？」

高木喝了口礦泉水，彷彿等著立井開口一般。

雖然立井不想說這些，但也不能含糊過去，畢竟對方已經把自己的祕密都說出來了。

立井用可樂潤了潤喉。

「說白點，我老爸被恐嚇，然後失蹤了。」

立井的父母經營了一間街角外送便當店，是一家在當地立足的小店。他們會在法會或者喜慶的時候承辦宅配便當，也會在夏季慶典時節外送壽司或前菜給各鄰里。雖然不算生意興隆，但多虧老主顧關照，還是一家能經營下去的店。

雙親雖然很努力經營，但在立井十六歲時父親發生交通事故後，家道就開始中落。

父親似乎是從後方撞上了緊急煞車的前方車輛。

對方的車裡乘坐著一位男性與其女兒。男子表示可以不報警，但要付錢和解。一開始要求的金額並不高，在意世俗眼光的父親也乾脆地付了。但隨後男子開始索取同車女兒的醫藥費或心理治療費等，要求的金額也水漲船高，甚至在立井家玄關大聲喧鬧是父親害十歲小女孩受傷之類。

父親之所以不想牽扯上警察的原因有二。首先是他不想被吊銷駕照。過去的超速記錄讓他累積了不少違規點數，對於以宅配為中心的外送便當店而言，當然不能被吊銷駕照。

其次是如果問題陷入膠著，沒有什麼比在地的外送便當店立場更薄弱的存在了。有誰會想在喜慶場合吃因為車禍而害小女孩受傷的店長所做的便當呢？只要負評傳開，一切都將報銷。

最後變成支付不起的金額，最終父母決定收掉店面。雖說原本就有點快經營不下去了，也沒有餘力撐著繼續經營。而這件事招來另一樁問題，立井的父親失蹤、母親病倒，立井則高中輟學，開始工作。

在立井述說之間，高木一句話也沒說。

他在長椅坐著，雙手交疊在大腿上，靜靜聽立井說完之後——

「你父親是怎樣的人？」

他如是問道。

為什麼在意這個？是有哪裡碰觸到小說家的琴弦嗎？

「是個溫柔的人。」立井輕輕笑了。「經營順利的時候常會照顧家人。每到春天，父親都會做好便當，帶我們去賞日本山櫻。雖然可能被人誤會，但他是個愛護家人的好父親。」

立井說了許多跟父親有關的回憶，包括每年去賞花的景點，以及在那兒看到的景象等。

高木投來銳利目光。

「聽了這麼多，實在難以認為他會拋下家人失蹤。」

「不，這個……」立井支吾其詞。「他的好處也是缺點就是太溫柔了，意志不甚堅強……我跟他因為新工作而起了爭執……」

立井為了家族的名譽而沒有具體說明。他只表示與父親的對立最終發展到互相抓著對方吵架的程度，後來父親就失蹤了。

高木可能是出於顧慮，沒有繼續追問。

關於之後的事情，立井只有簡短地追加說明。因為傷了腰而住在住宿處，後來無法忍受孤獨與無力才選擇自殺。

高木簡短地嘀咕了聲：「這樣啊。」

「我明白了你的狀況，但我還是不能認同你要自殺。」

說完後一把捏扁寶特瓶。

「我只跟你說一個。即使不被他人所需要、不被重視也沒差。」

「怎麼會沒差……」

「即使被世界遺忘，我們的靈魂仍存在於此。」

立井重複了「靈魂」二字。

他無法完全理解、融會這誇大的話語。是一種佛教思想嗎？

但內心一舉變得輕盈許多。

高木沒有再多說什麼，從長椅上起身，默默地走回來時路。

那天晚上，立井沒能理解高木的話。

他只知道兩點：在直到大學畢業的這四年之間必須持續以分身生活，以及看來高木不是什麼壞人。

高木健介毫無疑問是立井的恩人，立井心想不能白費從他手中獲得的四年，於是努力充實大學生活。

讀書、考資格、打工、社團，全都努力地去做。

入學時覺得大學課程很難，但在朋友教導下總算跟上。無論怎樣都看不懂的專門書籍則拜託高木指點，而大多事情高木都能夠毫無窒礙地解說，沒有不擅長的領域。無論經濟學或哲學，只要立井提問，他都會回答。立井則為了盡可能不要叨擾他，變得會利用打工空檔在大學圖書館苦讀。他花了一個月讀完杜斯妥也夫斯基所著之《罪與罰》，並且努力學習日商簿記檢定。他壓根沒想過自己竟然也會有在書桌前熬整夜的日子。

腰的狀況好轉之後，立井就開始打工，他必須在與高木告別的那天到來之前存好錢。他應徵了補習班的閱卷工作，這應該不是高中輟學的立井能應徵上的工作，但只要出示高木的學生證就能毫無問題地應徵上。

他也在同系的同學邀約之下參加了義工社團，以兩星期一次的頻率去安親班或幼兒園陪小孩玩耍，每次活動結束大家都會一起去喝一杯。原本就擅長與人交流的立井成了社團核心以及一年級學生代表。

常常有同學找立井吐露煩惱，畢竟「高木健介」二十歲，對同學們來說算是年長者。

立井特別感同身受的是與金錢相關的煩惱，畢竟立井自己也吃過很多次虧。在大學，介紹自我啟發課程給為遲早要面對償還學貸而憂愁的學生參加，並藉此大削一筆的人多如牛毛。參加學習如何轉賣限定商品或賺取影片網站廣告收入的講座，一次要價十萬日圓，立井於是給了煩惱要不要參加的同學建議。

等回過神，「高木健介」在大學已經成了小有名氣的人物。

「高木健介」的手機裡面不斷出現人生諮詢與飲酒會邀約的訊息。他雖然沒有交往對象，但結交了不論異性、同性的許多朋友。

立井充分享受著作為「高木健介」生活的日子。

過了半年，他與高木健介之間的關係開始變化。

「你能不能讀一讀我的小說？」

高木唐突地如此拜託。立井讀過一遍高木交給他的原稿，並且回了感想給他。高木深深點了點頭，從那天開始拜託立井協助他寫作。

「潮海晴」的作品屬於純文學，作風非常符合「封閉」一詞。沉重的故事在封閉的人際關係之下推展，結局也很難說是快樂。故事裡沒有溫暖人心的戀愛，也沒有值得驚嘆的推理，卻令人無法停下翻閱的手。

潮海晴的出道作《鏽蝕雙翼的孩子們》述說一位孤獨男孩的故事。男孩沒有上學，他所知道的世界只有電視和與母親之間的對話，而這樣的少年想像著外頭的世界，並將之描繪於白紙上。後來男孩盲信自己畫出的景色全部實際存在於世界某處，而開始到外頭尋找，母親因而覺得他詭異，於是與他分道揚鑣。

第二作《踏上通往無意義夜晚之旅》，則是一位在愛情賓館工作的青年鉅細靡遺地觀察訪客的故事。青年透過監視攝影機影像聯想客人的人生，並將之與某天認識的女孩人生加以比較。

目前高木健介正在撰寫第三部作品。

立井收下執筆中的原稿閱讀，並告知感想。高木要求他無論怎樣細節的部分，只要有意見就要說。

兩人都是在晚上進行議論，白天立井上課期間，高木在家寫作，晚上讀過內容的立井則提出疑問點。在高木寫作沒有進展的時候，立井則負責指出高木過去作品的不協調之處。

例如這樣。

立井有點介意《鏽蝕雙翼的孩子們》其中一幕。

某天，主角少年在公寓外等待一名男性歸來。他在門前抱膝而坐，仰望天空。冒煙的煙囪並排於天空，而高木將之比喻為蠟燭。少年等待的是一個酒精中毒的廢物男子，少年拜託好不容易登上階梯的男子說「只要一天就好，請幫我慶祝生日」，並且遞出從母親的錢包裡偷拿的五千日圓。

這是把生日蛋糕的蠟燭與工廠煙囪重疊，令人印象深刻的一幕。立井之後才知道，這段想以金錢購買父愛的無與倫比描寫大獲好評。

「現在還有工廠煙囪會排放白煙嗎？」

立井說出自己的感想，高木皺起眉頭。

「什麼意思？」

「排放物不是會基於環保而受到管制嗎？」

「是啊。不過這一幕的白煙並不是真正的白煙，而是水蒸氣。但因為是小孩的觀點，所以我沒有寫『從煙囪排放出水蒸氣』。」

「喔，我老家那邊也有這種工廠嗎？」

「應該是有。原來如此，從不在意的人的角度來看，會覺得這邊很奇怪啊。」

面對這類像是拘泥雞毛蒜皮小事的指摘，高木不僅從來沒有不耐煩，甚至表現出興致盎然的態度。立井也想說要回應他的期待，積極拋出問題。

立井介意在第二作《踏上通往無意義夜晚之旅》之中出現的學校。主角雖然與某位女孩親近起來，並一起去學校參觀，但小學和中學在同一棟校舍。立井表示：「這不是很奇怪嗎？」高木則回答：「在學生人數少的鄉下會有這種狀況。」

高木對待小說的態度非常真誠。

幾乎整天都可以聽到他的房間傳來敲鍵盤聲。但因為敲鍵盤的聲音與完成的稿件字數不符，立井於是詢問他為什麼寫了這麼久，卻沒寫出多少內容。

他表示，同一幕他會寫出十種不同版本，然後把這之中寫得最好的那一版進一步修改之後，才交給立井閱讀。立井不禁對他誇張無比的寫作量發毛。

他真的是不遺餘力地寫作。

即使立井提議「偶爾要不要外食？」高木也不予回應。「還不專業的我沒有這些餘力」是他的理由。「我只會書寫主角際遇悲慘的小說，還未到達過在那之後的境界」。

版。

他眉頭動也不動，覺得有點厭煩地如是說。儘管他的小說獲得世間好評，接連再版。

立井接觸到高木可謂異樣的態度，不禁對他的生平產生興趣。讓他如此醉心於故事之中的理由究竟為何？

但高木從不透露自身生平。

比方，高木偏愛某枝筆，那是一種細如針的金屬製原子筆。他常常在客廳分解這枝筆，並仔細地保養。這枝筆似乎有點年代，黑色外漆已經剝落。

立井覺得從這枝筆可以看出高木的人生觀，因此曾隨意地開口問過，這該不會是誰送他的。

但高木的回答很冷漠：「不是什麼可以跟人說的事。」

這是立井很熟悉的一句話。

每次提問，高木都是聳聳肩打哈哈過去。

他隱瞞的態度非常徹底，絕對不對讀者公開真面目。別說照片了，甚至連出身與年齡都不公開，也完全不接受採訪。與責任編輯僅透過電子郵件聯絡。

潮海晴是個徹底的蒙面作家。

不公開自己的外貌，專注於產出作品的禁欲小說家。

而這種神祕的作家形象又更是吸引讀者。

立井於是愈發尊敬高木。

他寫的故事擁有吸引人的厲害之處，立井甚至有過因為讀得太熱中而忘記時間，導致上學遲到。只讀過一遍會錯過許多伏筆與提示，也有很多發現是在詢問高木之後才重新察覺。發現這些帶來的興奮也是作品的魅力之一，立井深深陷入潮海晴的小說世界之中。

因此他樂意協助高木寫作。

以接受他好意的身分、以一位書迷的身分，以及以高木分身的身分。

立井所度過的大學生活，原本應該是高木本人將體驗的每一天。立井希望能幫助高木寫作，於是把自己的日常生活整理在紙上並提交給他。在社團與打工場合發生的人際關係摩擦、大學課堂上學到的有趣研究、旅行地點的照片與沒有親身蒞臨便無法實際體會的感受——隨著他愈是仔細地傳達，高木也要求他詳細說明當下的情感。

高木偶爾會要求他提出小說的改善方案，立井儘管覺得自己這樣很冒犯仍積極提案。那不是他站在任性的讀者角度，而是基於創作者立場深思熟慮過後提出的點子。即使高木會稱讚他，也未曾予以採用。立井雖覺得悔恨，卻因此將提出高木認同的方案作為個人的一大目標。

有時候，兩人之間白熱化的議論甚至持續到深夜。每當遇到討論不出結果的狀況，兩人的慣例就是出門散步，而這麼一來總是很神奇地能得出結論。立井並不討厭與高木默默地走著，並打磨思緒到頂點的感覺。彼此對上眼後頷首，踏上歸途。

於是，兩年的時間就這樣過去了。

迎接第二年春天時，潮海晴的第三作《椿子》初稿完成了。

因為高木途中重寫了很多次，所以花去許多時間，但這是一本立井也能確定是傑作的作品。兩人一直在房裡議論直到截稿日前夕，立井主張作品中的暗號太簡單，但高木則認為這樣就好，不願接納。兩人爭論到凌晨四點，最後是立井投降了。

接下來暫時告一段落，隨後進入改稿作業。

將初稿傳送給責編之後，兩人不約而同地出門散步。

「多虧有你，我寫出了一部很不錯的作品。」

然而高木的聲音裡帶著與話語不同的燃燒不完全感。

立井忍不住笑了。

「我聽起來你好像不甚滿意？」

「嗯，才剛完成就說這個很嘔，但還算不上理想作品。」

「之後再改就好，先休息一下吧。」

立井以嬉鬧的語氣如是說，高木點了點頭說「也是」。

「那要不要在外面吃個飯？」他看了看路旁綻放的櫻花。「與你也共同生活了兩年，兼做慶祝吧。」

立井「咦？」了一聲，確認這提議不是說說。

「好啊，我們走。」立井說道。這兩年裡，高木口中從未提過出門外食，無論中元假期還是耶誕節，高木都只是在自己房內吃著冷凍食品。

「你想吃什麼？我去訂餐廳。」

心情大好的高木臉上浮現微笑。

第一次與高木外食的機會讓立井雀躍無比。

但慶祝當天，高木健介沒有造訪餐廳。

立井潤貴成為他分身兩年後——高木健介失蹤了。

2章

兩人的兩週年紀念日很不巧是個大雨天。

立井白天在大學參加社團會議，隨後直接前往池袋。

立井準備了保溫杯要送給高木。雖然他覺得送禮給男性有點怪，但在他所知範圍內，不會有朋友或交往對象送禮物給高木，所以有個人可以送禮給他應該還不錯吧。如果能趁這個機會進展到平常會一起小酌的程度，肯定很快樂。

立井提早到達約好的碰面地點，那是一家飲料一律不到五百日圓，以大學生為主要客層的酒吧。立井遠離正在轉播足球比賽而鬧熱滾滾的座位，選了吧檯位入座。

高木事先有告知他可能會晚到。

他點了一杯琴通寧，等著高木到來。他們約了八點，還有將近二十分鐘。

在這之間，立井從包包取出原稿。那是剛寄給責編的《椿子》初稿。編輯那邊的評價相當理想，幾乎沒有要求修正，這讓立井像是自己被稱讚一樣開心。之後只剩下高木最終改稿完畢並回寄原稿的作業吧。如果想對高木提出問題點，立井所剩的時間也不多。

「潮海晴第三作，出色的戀愛小說」——責編如是盛讚。《椿子》敘述少年與少女離家出走，開始同居生活的故事。兩個人在狹窄窮酸的房子裡牽著手生活，無論何時何地，兩人牽著的手都不曾放開，故事最後在兩人無法離開房間一步的情況下結束。

兩位主角為何不離家？究竟是因為害怕什麼而牽手？書中沒有提及。這是一本充滿潮海晴特有封閉感的恐怖風格純愛小說。

立井介意的點是女主角的形象。

出生於貧窮家庭、短髮、牙齒缺角、笑容可掬的女孩——

與少年相比言行舉止稚嫩，每次做菜反應都很大，少年睡覺她也會想跟著睡在旁邊。少年的年齡應該在十五到二十歲之間，但女主角很明顯像個孩子。兩人之間的年齡差距會讓人覺得這真的是戀愛小說嗎？

即使立井幾度表示這部分的不協調感，但高木堅持不予修改，似乎對女主角形象有強烈的堅持。他想寫有年齡差距的戀愛故事嗎？或者——

——這原本就不是一部戀愛小說。

立井雖想確認，關鍵的作者卻遲遲不來。

看了看時鐘，已經九點半，早就過了約定時間。

奇怪，這也太晚。如果是碰上什麼麻煩，應該會聯絡啊。

是因為他平常不太出門而迷路嗎？

立井這樣認定，再次開始讀起書稿持續等待。

但高木健介沒有造訪酒吧。

高木健介已失蹤兩天。

聯絡不上他。

慶祝兩週年那天，立井知道再怎麼樣也太慢而返回家中，但沒有看到高木人影，他的手機則放在客廳。

沒看到他的鞋子，很明顯外出了。

因為即使到了深夜零點他也沒回來，立井於是致電鄰近醫院。現在的高木健介身上沒有任何身分證明，所以立井一一向各家醫院確認有沒有收容身分不明的傷患，然而沒有問到任何可能是高木的消息。

「到底怎麼回事……？」

立井在空無一人的房內思考。

高木健介有如一陣煙消失了。

立井針對這點思考。

「失蹤？但又不能報警……」

他擔心的不只是高木的安危。

還包括如果高木就這樣失蹤，他會有什麼下場的盤算。

這時門鈴響起。

立井奔到對講機螢幕前，心想他總算回來了。但出現在液晶螢幕裡的不是高木，而是兩位身穿西裝的男子。

立井只消看了看他們的臉，就立刻猜出來者職業。

是警察。

中年男刑警呼著滿是菸味的氣息，對立井說在引人注目的地方不方便說話，並要求他去警察署一趟。話說得雖然客氣，但眼神明顯懷疑立井，以糾纏的目光上下打量他。身邊的年輕刑警則顯得有些緊張。

中年刑警體格的壯碩程度，從即使穿著西裝也隆起的肌肉便能窺知一二，光是站在他前方就夠累人了。

對方拿出警察手冊，立井覺得自己臉色快要發青。

「為什麼……需要走一趟？」

他戒備著——該不會是冒充身分一事敗露？

中年刑警說道：

「有關前天在杉並區發生的溺水案。」

「溺水案？」立井發出訝異聲音。

是出乎他意料的案件。

而他這反應似乎也出乎刑警意料，可以看出年輕刑警面露驚愕，中年刑警則不動聲色。

立井上了一輛便衣警車，被送到警察署。中年刑警在路上雖然閒聊兼刺探地說

「一個大學生住得真好」，但立井只是隨便回話帶了過去，想必看起來就像個憨傻大學生。

進入審訊室，立井嚥了嚥口水。那是一個只有桌子、椅子和燈的無機空間，立井聞到一股男人汗臭般的氣味。

他心想，坐上這折椅之後，應該沒那麼容易離開吧。他被刑警瞪了一眼，於是乖乖遵照指示。

方才那位中年刑警邊說「不想說的可以不用說沒關係」，邊在對面坐下。立井知道這句話並非基於親切而說，而只是告訴他有權保持緘默的程序。中年刑警的態度不是試著顧慮立井的情緒並收集情報，而是威嚇犯人迫使其自白。

「我是嫌疑人？還是關係人？」立井如是問。

中年刑警瞇細了眼。

「這年頭學生懂得真多。」

「只是剛好。」

協助撰寫小說時有調查過，審訊有針對關係人與嫌疑人兩種。

「關係人啦。」中年刑警說道。「至少現在是。」

暗中威脅你有可能變成嫌疑人。

中年刑警取出手冊，簡單說明事情的來龍去脈。

前天，杉並區內一處水池裡發現一位男子的屍體。解剖後發現肺部進水，因此判斷死因為溺死。受害者姓名為榮田重道，是一位在餐飲店打工的三十二歲男子——

「如果你知道些什麼就跟我說。」

眼前這位中年刑警壓低聲音狠狠地說。

但立井當然一無所知。

「為什麼你們覺得我與案件有所牽扯？」

中年刑警咋舌，這聲音令人相當不快，立井於是皺眉。

「推測死亡時間是前天晚上九點到十點，受害者在那之前離開職場，並明確地跟同事說『我要去見一個叫高木健介的大學生』。整個東京都內只有你符合條件。」

即使聽取詳細說明也不懂。

但刑警表示，受害者手機裡似乎留有與「高木健介」郵件往來的紀錄。立井雖然表示這是第三者謊稱自己是「高木健介」，但刑警不予採納。

立井因為跟不上狀況而開始覺得煩躁，雖然他理解心情浮躁就是著了刑警的道，仍不禁大聲起來。

「對方是溺死吧？不就只是單純溺死嗎？」

中年刑警咯咯賊笑。

「雖然遺體沒有外傷，但身上的衣服凌亂，臨死之前與他人扭打的可能性很高。加上體內沒有檢測出酒精，所以應該不是意外，更有可能是他人犯案。」

立井咬唇，擦了擦滑過臉部的汗珠。雖然房間並不熱，但不管怎麼擦，汗水還是拚命噴出。他刻意忽略閃過腦海的可能性，只是不斷重複「我不知道」這句話。

關於此案他一概不知情，然而他很清楚究竟誰有嫌疑。

高木健介。

受害者榮田重道可能是高木認識的人，高木約榮田出來，將他推進水池內殺害，並在那之後逃走。刑警敘述的情報也與高木失蹤的現況吻合。

儘管理性如是判斷，立井卻有一股怎樣都不想承認的衝動。他甚至不惜犧牲擦汗時間，只為找出能否認的情報。

中年刑警從椅子上起身，來到立井身邊，把那張油膩膩的臉湊了過來低語道：

「是你幹的嗎？」

立井嚥了嚥口水。

他甚至不用問做了什麼，現在自己是殺人嫌疑犯。

在那之後，刑警單方面以立井是殺人犯為前提加以勸誡。

從立井的年紀來看，老實招認並且導向過失致死的結果是最好。如果不是兇殺，而是過失致死，甚至可以視狀況獲得緩刑。但如果保持緘默，警方就必須循正規方式辦案，一旦收齊了證據，檢方應該會以殺人罪或強盜致死罪起訴。

「要招就趁現在。」刑警威脅道。

中年刑警的壓迫雖然有些文不對題，但仍重重地打擊了立井內心。如他所說，保持緘默只會對立井的立場造成不利。若被警方發現立井與高木交換身分——立井還能說自己不是共犯嗎？

他以雙手遮住視野思考。

隨著眼前一片黑，內心也稍稍平靜下來。

高木健介有殺人嫌疑，既然他現在失蹤，很難說他與此案完全無關。如果高木真的犯罪了——自己有什麼與警察為敵仍要包庇犯人的動機嗎？

該相信什麼？

該依賴什麼？

眼前這位刑警的推論？還是自己的恩人呢？

「——我不知道。」

答案馬上出來。

立井放開手，視野開闊。

並且回瞪投來不禮貌視線的刑警。

「我有不在場證明。」立井氣勢十足地說道。「當天直到晚上七點，我都在大學圖書館跟社團同學開會，之後搭電車前往池袋，在站內提款機提了一萬日圓出來，並去車站附近酒吧的吧檯位入座。從八點待到晚上十一點，店裡也有監視攝影機。」

「……真的嗎？」

立井沒有錯過刑警眼光瞬間閃爍，接續說道：

「還有我因為嚴重腰傷而正在接受治療。雖然最近比較好了，但我無法進行劇烈運動，我不知道犯人是把死者推落水池還是強行把臉按在水裡，但我無法做到這些。」

「方法有很多吧？」

「但如果真心想殺害，應該會採用別的方式。」

立井一口氣說完之後，刑警們看了看彼此，年輕刑警稍稍搖了搖頭，這時再次面向立井的中年刑警態度也變得溫和許多。

雖然他叮嚀立井說謊也沒用，但立井不為所動。

他有朋友可以為不在場證明作證。無論是大學圖書館、酒吧，甚至持續就醫等說法應該都能獲得證實。

「我知道了。我要做筆錄，麻煩你從不在場證明這邊詳細說明。」

刑警不悅地說，立井呼了一口氣。

至少免去了當場被捕的下場。

但中年刑警的態度仍有些帶刺，他鉅細靡遺地詢問立井前天晚上的行動，包括搭乘電車的時間、在大學圖書館有哪些社團朋友，執拗地重複同樣問題，並解釋說：「不好意思啊，我的工作就是一一消除所有可能性。」

雖然立井有所不滿，但好不容易獲得解放的安心感讓他也不好多說什麼。

最後，中年刑警又嘗試刺探了一下。

「最後能不能收集一下你的照片與指紋？」

這太出乎意料，讓立井不禁「咦」了一聲。

「我只是關係人對吧？」

「保險起見。」

「保險什麼啊……」

「難道你有什麼不方便？」

立井為了掩飾狼狽而說「沒關係」並加以同意。他知道自己被測試反應了，如果拒絕，刑警只會更加起疑吧。

立井為了不被他們察覺更多表情變化而換了個話題。

「說到照片，請問沒有被害人的照片嗎？我有點在意。」

「說得也是，還沒讓你看過呢。」

中年刑警拿出一張照片，那似乎是直接拿駕照上的照片轉用，上面清楚印出受害者的臉孔。

「你對這張臉有印象嗎？」

「完全沒有。」立井努力保持平靜。

中年刑警沒趣似地收起照片。

之後立井等了一下，毫無窒礙地獲得釋放。他在筆錄上面簽名後離開警局，但中年刑警始終不掩飾充滿猜疑的目光，看來沒有完全洗刷嫌疑。

立井將手按在左胸前深呼吸。

心跳和呼吸一時間無法平靜下來。

立井回到家中，衝進廁所，把胃裡的東西全嘔了出來。

嘔吐時可以不用思考。清空了胃之後漱口。

身體因為當下的問題而搖晃。

他從高木房間拿出常溫保存的礦泉水，一口氣喝掉將近半瓶。

「糟糕了……」

立井往高木愛用的辦公椅一坐，自覺陷入了無法抽身的命運之中。對警察隱瞞自己的真實身分，並在筆錄上簽了字。如果高木健介真的是殺人犯，警方應該會認定立井協助他逃亡吧。

但他不後悔。高木已經警告過使用他人身分證將犯下詐欺罪，如果立井老實招認，應該也無法無罪開釋。

「高木現在在哪裡啊……？」

立井打開手機，確認訊息通知。從高木失蹤以來，立井幾乎是下意識地養成了確認手機畫面的習慣。但螢幕鎖定畫面上只顯示了社團同學來約喝酒的訊息。

高木應該再也不會來聯絡了——立井有這種預感。

這樣一直等下去也不是辦法。

他用手機開啟新聞網站。雖然這不是什麼大新聞，仍有幾家網站報導了杉並區溺死案的消息。無論哪篇報導都表示「警方正往意外與犯案兩方面進行調查」，但方才那位中年刑警的態度看起來比較偏向犯案。應該是徹底調查犯案的可能性之後，若仍找不到證據，才會認定為意外吧。

無論哪篇新聞報導都沒有揭露嫌疑犯情報，如同刑警所說，「高木健介」仍只是非常接近嫌疑犯的關係人吧。

接著搜尋受害者榮田重道。

意外搜出許多網站。

雖然四年前的新聞報導網站連結已經失效，但有好幾篇部落格提及。

立井看了這些內容不禁呻吟。

「關於故意擦撞自小客車並威脅對方索取和解金的『假車禍詐騙』行為」

「警方宣布以恐嚇嫌疑逮捕榮田重道嫌疑犯（28）」

「榮田嫌疑犯上個月主動衝撞路上行駛中的車輛，並威脅駕駛男性『若願意付錢就能和解』藉此謀財」

「嫌犯供稱專找個人經營的宅配業者或司機下手」

部落格裡面刊登被送上警車的榮田重道照片。

立井對這個人有印象。

「是恐嚇老爸的人……」

其實在審訊室看到照片時，他就察覺了。

榮田重道就是過去威脅父親，毀了立井家庭的男子。

「果然這個人專幹假車禍詐騙，以恐嚇為目的啊……」

立井重重搥了桌子一下，以雙手掩面。

溺死的男子過去曾經犯罪。

讀完部落格當下，立井哭了。並不是因為傷心，而是無法承受湧上的情緒，發出嗚咽。

父親基於釀成交通意外所引發的罪惡感而支付金錢給榮田，但這是錯誤判斷。一想像榮田重道背地裡吐舌頭的模樣，立井不禁悔恨得流淚。

他猛抓頭髮，搥了桌子好幾下。

榮田被釋放後沒多久就溺死了。

立井不清楚發生了什麼事——但他知道一點。

找受害者出來的「高木健介」、與立井有牽扯的男人可疑死亡，以及當天失蹤的高木健介。他不認為這三者只是偶然重疊，因為他只對高木透露過自己的過往。

「毫無疑問吧。」立井獨自發出軟弱聲音。「你一定跟這犯罪有關。」

這是他想要立刻否定的可能性。

但知道真相的高木健介並不在場。

立井無法自處。

花了兩年累積的日常開始崩壞。

無論是與朋友一起奮發讀書的大學生活、與高木一起撰寫小說的同居生活，現在都正要消失。他只存了一點錢，且無法確定淺交的大學朋友會不會相信自己。

如同風一吹，沙雕城堡就會消失那般，好不容易抓住的安定即將結束。

若現在被逮捕，變成孤身一人，會怎麼樣呢？

——想起不被人需要而選擇自殺的那一天。

在櫻花樹下搖晃的塑膠繩景象揮之不去。

內心大喊，絕對不要這樣。

立井尋找翻找高木健介的個人物品直到夜晚，想摸索出他所在之處的提示，但一個也沒找到。高木原本就缺乏物欲，甚至讓人懷疑他是不是只要有衣服、寢具和電腦就可以生活。

留下的電腦與手機裡面沒有任何與他交友關係相關的情報。通話功能中留下的聯絡資料只有立井與責編，除此之外什麼也沒有。手機還留有不少責編因為聯絡不上高木，而擔心地發來的訊息。

但是——跟榮田重道相關的情報保留在電腦裡。

電腦裡面有報紙報導的ＰＤＦ檔案。榮田重道被捕當時是一位市公所的外包雇員，法院判處了兩年徒刑。

高木健介調查了榮田重道——這等於為他的犯案行為背書。
立井沒有餘力因為榮田的死而歡喜。
高木現在到底在哪裡、做什麼？
在不安驅使之下，立井腦中浮現最糟糕的可能性。
——高木健介為了讓立井潤貴背負殺人罪而逃亡。
不可能，無法想像，拯救了自己的恩人不可能這麼做！
立井抱著混亂的頭，拚命說服自己。如果他是以此為目的而犯案，那麼犯案當天應該就不會讓立井有機會製造不在場證明。
但，高木健介究竟有什麼原因必須從立井面前消失？
「雖然只能問高木，但我該怎麼追查他啊……」
因為煩躁而愈來愈大聲的自言自語。
高木健介的人際關係圈子裡只有立井和責編兩人，但立井不可能告訴責編高木健介失蹤了。如果是正常社會人士，一定會報警吧，這樣風險太高了。
立井想過在網路討論區收集情報，比方去寫文說「有沒有人認識名叫高木健介的人？」之類的，但立刻發現這樣做蠢到有剩。寫這麼可疑的內容只會被忽視。

那麼，追蹤潮海晴的情報如何——但潮海晴是一位不透露個人訊息的蒙面作家，甚至連出生地都沒有透露給大眾得知。

腦海浮現的點子接連被駁回。

有沒有什麼與高木本人的過去有關的提示呢？不，與他之間的話題大多圍繞在小說上，有時哲學、有時抽象，都是這類對話。

『要不要假扮成我的分身？』

立井想起高木對他說過的話。

這難道是字面上的意思？或者這場失蹤是從他們相遇時便已計畫好的？他究竟懷抱怎樣的心情說出這句話呢？

分身——

立井靈光一閃。

想到一個追蹤高木的方法。

被帶去警局審問的隔天，立井前往區公所。

並以高木健介名義填寫申請書，附上高木健介的學生證，提交給承辦人員。承辦人員只瞥了立井的臉一眼，給了他一張受理的牌子。

附帶提出的學生證上已經是立井潤貴的照片，應該能夠順利申請到文件。

因為自己是高木健介的分身，才能採用這種方法。

感覺十五分鐘的等待時間延長了好幾倍。

被喊到名字時，立井立刻衝到窗口接下文件，並寶貝地收進信封裡，來到無人洗手間才取出閱讀。

立井申請的是——高木健介的戶籍謄本。

戶籍謄本上面記載了高木健介以前居住的地址。

他以前居住在東京近郊。

原來這裡是你的故鄉啊——

可能是完全沒有接受過採訪的潮海晴出生之處。

立井小心翼翼將高木健介的戶籍謄本收回信封內。

他很想立刻逼問高木，有沒有什麼方法擺脫這困境？他是不是真的殺了人？這兩年分身生活的真相究竟為何？

立井先去提款機提領打工薪水。

再次確認戶籍謄本上的資料後，開始調查ＪＲ的發車時刻。

3章

高木健介的故鄉並未離東京多遠，是從新宿搭乘在來線三十分鐘便能抵達的通勤者城鎮。與立井出生長大的城鎮相離不遠。

立井下車時產生一股既視感，中高樓房圍繞車站。這些樓房的一、二樓都是些熟悉的餐飲店。漢堡店、咖啡廳、牛丼店、居酒屋、地方銀行，像是把全國展店上千家的各式連鎖一字排開那樣的站前。明明應該是熱鬧的場所，卻比蕭條的鄉下更讓人提不起勁，光看都會心生厭惡。

搭上公車，總算可以看到有點街景樣子的街景。看著沿著國道設置的工業品製造商廣告，能夠理解這裡是靠工業繁榮起來的小城鎮。

窗外可見工廠。

貫穿天際般的橘色煙囪排列而去。

立井想起與高木討論潮海晴出道作內容時的狀況。他問高木這年頭還有會排放白煙的煙囪嗎?高木如是回答。

『清潔工廠和發電廠還是有，工業區也有。』

煙囪排放著白煙。

立井心想，該作品的舞台說不定就是這座城鎮。這些煙囪或許是高木抱有特殊情感的景象。

立井心想，得跟他道歉。

確實還有排放白煙的工廠存在。

但他不知關鍵的致歉對象去向。

車內廣播報出目的地停靠站，立井於是按了下車鈴。

再次確認戶籍謄本上的內容，前一個住處與戶籍地吻合，遷入與遷出都是三年前，高木十九歲的時候。

下了公車之後往前一點，應該就是高木健介的老家。

高木健介的老家似乎是設有庭院的獨棟房。

走出帶有低沉運轉聲的卡車來來往往的縣道，往有著零星農田的道路前進，就能看到高過立井身高的氣派山茶花樹籬。已經凋零的紅黑花瓣散落在樹籬之下。

這是一棟並不大的兩層高房子，以瓦片做屋頂的木造建築。

庭院裡面有停車空間及輪胎的痕跡，但沒看到車子，可能外出了吧。

立井確認寫有「高木」二字的門牌，按下門鈴，一如所料沒人應門。雖然他按了幾次並等待著，但家中沒有任何聲音傳出。

「高木先生這個時間在公司。」

樹籬那一頭傳來聲音。

立井看過去，從山茶花縫隙之間看見一位高齡女性的臉孔。

「如果有事找他，從這邊再往兩戶過去右轉。」

看樣子是鄰居。應該是覺得難得有客人才親切地說明。

立井積極地認為這是個好機會。

「請問，您是否記得高木家曾經住過一位叫健介的男孩子？」

「健介？」女性皺眉，先低吟了一陣才說道：「好像有，又好像沒有，我不太記得了。」

畢竟這裡可是鄰居會刻意找訪客搭話，左鄰右舍連結緊密的地區。難道不曾在町內會上打過照面嗎？

立井前往高木健介的父親所在之處。遠離農田，住宅增加之後，可看見一棟淺綠色建築物。接近過去便能發現「高木哲也記帳士事務所」這塊招牌。一樓是停車場，二樓則是辦公室。因為拉著窗簾的關係，無法從樓下看到二樓裡面的狀況。

立井從外面的樓梯上樓，並發現門上寫著「若有需要的訪客請按門鈴」後，停下了腳步。

自己該怎樣表明身分才好？

總不可能在他父母面前說自己是「高木健介」吧？

立井正猶豫著不知該如何是好時，門逕自打開了。

身穿西裝的男性露出一臉不可思議的表情。是個年紀大約五十多歲，頭上混著白髮、戴著眼鏡的男性。臉孔有些圓潤，給人一種柔和的印象。

「請問有事嗎？」

男子看到不太像會來記帳士事務所的立井，不禁歪頭狐疑。

立井邊窺探對方的表情，邊戰戰兢兢說道：

「請問……高木哲也先生在嗎？」

「我就是。」

「那個，我是因為令郎健介先生的事情而來。」

高木哲也的嘴唇微微顫抖，表情僵硬，看了看立井後方。

立井回過頭，但那裡當然沒有任何人。

「請問您是一個人嗎？」高木哲也問道。

「是的，沒有其他人。」

「這樣啊……」高木哲也與立井對上眼。「我知道像你這樣的人遲早會出現。」

「這是什麼意思？」

高木哲也沒有回答這個問題，只說了「請進」之後，讓立井進入事務所。

記帳士事務所裡面有四張堆滿雜亂文件的辦公桌，沒有其他員工身影。看樣子不是外出，就是今天並非上班日。

一整片牆的櫥櫃壓迫原本就不大的事務所空間，只有以隔間板隔開的沙發區附近沒有東西，看起來像是不同空間。這裡是一間充滿墨水與塵埃氣味的寧靜事務所。

立井在客用沙發上坐下，高木哲也泡了咖啡過來，並且在立井對面坐下之後，重新說：「容我再次自我介紹，我是高木健介的父親高木哲也。」他與高木健介戶籍謄本上的戶長同名，立井原本以為對方會給出名片，但高木哲也似乎沒有這樣打算。

「抱歉突然造訪。」立井深深低頭致意。「我名叫立井潤貴，是高木健介的室友，目前遇到了一點麻煩。」

「麻煩是嗎？」

「能不能請您不要報警？如果我接下來要跟您說明的事項被警方知道，高木，不，健介同學也會有麻煩。」

說完之後，立井才發現自己有多可疑。應該準備一些方便的謊言以博取信任。

高木哲也露出訝異表情。

立井在明知風險有多高的情況下從錢包取出高木健介的保險卡，並遞了出去。

「健介的保險卡……？」高木哲也瞇細眼睛。

「我們熟識到他願意把這個交給我保管。」

「你為什麼會持有健介的保險卡？」

「對不起，這我不能說。」

高木哲也來回看了幾次保險卡與立井的臉，接著舔了舔乾燥的嘴唇頷首。

「……我明白了，不要問太多比較好吧。」

高木哲也歸還了保險卡。

立井雖然因對方立刻信任自己而安心，卻同時介意起高木哲也平淡的態度。感覺他太快進入狀況，碰到立井這樣的稀客也不太動搖。

「請問，您方才說像我這樣的人遲早會出現，是什麼意思？」

「這只是一種預感罷了，沒有太深遠的意義。」

高木哲也說道。

「立井先生，我不會追究你的狀況。我會說明我所知情報，也不會對警察說你來這裡拜訪過。如果警察詢問，我會說被不明男子威脅而說了有關健介的情報。」

高木哲也抿著唇，直直看向立井。

不知為何，高木哲也似乎不想與高木健介有所牽扯。方才那種像是想趕立井走的冷漠口氣，顯示他對高木健介遇上的麻煩沒興趣。

立井在差點脫口說出「你這樣也算是個父親嗎？」時赫然發現。

高木哲也長了一張圓臉，與臉長的高木不太相同。

「雖然我想這問題很失禮——」立井索性問道。「您該不會與健介沒有血緣關係……」

「沒有直接的血緣關係。」高木哲也回覆。「我是健介的養父。」

立井準備好筆記本與原子筆，高木哲也開始述說。

「我是在健介十一歲的時候收養他。他在我家過了四年，中學畢業之後就消失得無影無蹤。我對他的認知，只有這短短四年之間的事情。」

「想請問，您為何收養了健介同學？」

「健介因為火災失去了父親，只靠他母親無法養育他，於是兒福機構來聯絡我。雖然我甚至不知道自己有這樣的親戚，但我與妻子之間沒有小孩，於是收養了他。」

「火災是嗎？原來健介同學過去有過這樣的遭遇……」

立井嘀咕完之後才突然想到。

「請問，健介同學是不是剛好在火災現場？」

「為何這麼問？」

「他從不自炊，我想說是不是因為怕火。」

立井印象中的高木只食用冷凍食品和蔬菜汁。

雖然這是隨口問出的問題，但高木哲也停了一會兒才回答。

「……這個嘛，確實剛好在火災現場。」

「剛好？」立井不禁反問。

高木哲也於是說：「當時他們分居……」

看樣子是個有點問題的家庭，立井於是在筆記本上這樣註解。

「高木哲也先生，我就直說了。我現在正在尋找失蹤的他，您是否知道健介同學可能依靠的對象？」

「我不清楚。」高木哲也斬釘截鐵地說。

「朋友或情人呢？」

「這我也不清楚。」

「您跟他同住過對吧？您真的什麼都不知道嗎？」

「健介始終封閉著自己的心，我和他之間甚至沒有過像樣的對話。健介自己可能也待不習慣吧，他從小學時代就總是關在自己的房間，上了中學甚至到了深夜才會返家。」

高木哲也淡淡地敘述著。

他所述說的對象感覺並不像一個人，而是按照設定好的程式運轉的機械。平淡地往返學校與家中，在自己房裡像個死人那樣動也不動的少年。真的有這樣的人類存在嗎？

但即使在那之後反覆詢問，也得不到高木健介人際關係的具體答案。高木健介的親生母親似乎已經過世。

高木哲也最後與高木健介有所接觸的，只有他在畢業典禮後留下的一張紙條。

『抱歉打擾了你們，我會一個人活下去。』

高木哲也尊重他的意願，因此沒有報警尋人。

因為他也不知道高木去了哪裡，立井於是開始尋找其他能提供情報的對象。

高木哲也告訴他，高木健介過去畢業於市立西中學。

「市立西中學是嗎？」立井總算獲得連接到下一步的情報。「能不能請您介紹一位與高木同年畢業的學生？」

「可以。不過是我所知道在鄰居之中，符合條件的對象就是。」

這樣就很夠了。

高木哲也畫了一張如何前往該人家中的地圖。

正當立井準備起身時，高木哲也說道：

「立井先生。」他的聲音很平淡、事務性。「雖然這可能是多管閒事，但您別與健介有太多牽扯比較好。」

「這是什麼意思？」

「您不用特地尋找他的意思。」

高木哲也如是低語：「他是個詭異的孩子。」

「詭異……？」

「連親生母親都無法養育他。」

雖然立井想反問詳細，但高木哲也沒有再回答。

這句忠告始終在立井耳裡縈繞不去。

立井走在國道上，重新思考高木哲也的態度。

高木哲也不關心高木健介。

他對待立井的態度一以貫之，就是不想扯上麻煩——無論說出的話、表現出的態度，甚至眼神都傳達了如此訊息。

回想起來，高木哲也的鄰居也不認識高木健介。

立井不禁煩躁起來，這樣不是太可憐了嗎？當然當時的高木想必也有問題。即使沒有血緣關係，他們仍同住了一段時間啊，但現在他竟完全不關心高木的安危。

大卡車從立井身旁駛過，只留下車輛廢氣的味道。

時間即將來到下午三點。

立井回想起自己小學時放學後的狀況，當時常跟朋友一起去踢足球，比起思考課業、教科書，踢飛的球往哪裡去更是重要得多。常常把鞋子弄得烏漆抹黑，惹來母親一頓罵。

立井試著想像高木健介的少年時代，卻不太順利。高木健介是否也有與自己相同、在公園內來回奔跑的過去呢？還是只能摒息待在養父家中，持續等待時間流逝呢？

立井邊想著這些，邊往高木哲也介紹的中學同學家去。

——得要找出知道高木去向的人。

立井知道自己沒空煩躁，於是打起精神。

高木介紹的對象在家，是一位咖啡色頭髮的微胖男子，態度冷漠，看到立井之後咋舌了一聲。立井以「自己是偵探，正在追查高木健介的下落」這種說詞欺騙，並且拿出訪問費後，對方態度才軟化下來。

他對高木健介幾乎一無所知。儘管兩人在同一間教室求學，也只留下「成績似乎不錯」、「難以親近」這種模糊的印象，完全沒有什麼具體的內容可說。

正如高木健介排斥家人一般，他在學校也與周遭保持了距離。

立井思考該如何是好。

「請問有沒有紀念冊？」

「紀念冊？」男子反問。

「畢業紀念冊，請讓我看看有刊登高木健介照片的頁面。」

男子立刻拿了出來。立井翻到社團活動的頁面，高木健介的身影出現在意想不到的地方。

在各式華美球衣引人目光的照片之中，有一群人穿著制服拍照，照片底下寫著「科學社，天體組」。照片之中可以看到一臉覺得無聊的高木健介身影。

旁邊有一位眼神兇狠的駝背男。翻閱畢業旅行和運動會的照片，可發現高木身邊大致上都能看到這個人的身影。兩個少年脫離熱鬧中心，一副覺得很無聊的樣子對著鏡頭。

「你知道這個人的聯絡方式嗎？」

立井覺得找到他起碼比找到高木容易，於是從排列著學生大頭照的頁面查出男子的名字。

叫作峰壯一。

即使過了晚上十點，國道沿線的家庭餐廳仍熱鬧無比。以年輕人為主，從學生到大人都喜孜孜地聊著天。或許大家都認為大聲喧嘩也沒關係吧，甚至有人拍手大笑，也沒有店員出面勸阻。看他們臉色泛紅的模樣，立井才發現餐廳有提供酒類飲品。接著想起在停車場看到的腳踏車，這些人想必是會酒後騎車回家吧。

峰壯一似乎以二十三歲的年輕年紀當上了這邊的店長。

他的同學表示「其實只是全國連鎖的一介員工，需要扛起責任與雜事，徒有虛名的管理階層罷了」。

立井跟家庭餐廳的店員表明來意之後，被帶到了吸菸區座位。他在那裡等著，一位身穿家庭快餐店制服的男子前來。那是一位眼神跟中學時期同樣兇惡的小個子男人，就是峰壯一本人。

「你就是立井？」

峰露骨地皺眉。

「中學同學突然聯絡我，說有個人在尋找高木健介的朋友，叫我見見那個人。你這樣突然過來我也很困擾啊。」

「對不起，但我無論如何都想跟您談談。」

「那是你家的事吧。」

峰坐在立井對面按下服務鈴喊了打工的女性，並且要她拿兩杯咖啡過來。

「我聽說你是偵探，真的嗎？我不想說對高木不利的情報喔。」

立井說出事先準備好的謊話。

——高木健介近期有幸得以結婚，但對象是大企業的社長千金，對方父母擔心這是一場詐婚，於是委託偵探事務所調查高木身家，因此自己被派來執行。

峰聽完這一串後，送來銳利目光。

「高木要跟什麼樣的人結婚？」

「等您告訴我與高木相關的情報，我再告知您。」

峰舔了舔唇「嗯哼」了一聲，從胸前口袋掏出香菸點火。

不知他是否無法相信，只見他呼出白煙沉思著。

當咖啡送到兩人面前後，峰才總算開口。

「嗯，我也沒辦法說太詳細就是。」

立井「咦」了一聲，他以為峰才是高木獨一無二的摯友。

「我們不是你想像的那種關係啦。」峰彈掉菸灰。「說來那傢伙根本沒朋友，我橫豎是個外人。我能夠說的，大概就是——」

峰自嘲般扭了扭嘴角。

「你——聽過無戶籍兒童嗎？」

「無戶籍？」

「如字面所述，就是沒有戶籍的小孩。」

立井沒辦法立刻理解這番話。

——真可能有這種事？

立井僵住，峰一副覺得很無趣般說道：

「父母沒有在小孩出生後報戶口，所以小孩沒有戶籍，就是這麼回事。」

「可是沒有戶籍很困擾吧？這樣沒辦法去上學、也不能去醫院，真的有父母會不去報戶口嗎？」

「有，我爸媽就是這樣。」

峰用拇指比了比自己的領子附近。

「請問您是什麼狀況？」

峰露出賊賊的笑容開始述說。

無戶籍大致上有幾種狀況。母親本身就無戶籍所以無法報戶口；父母是沒有居留權的外國人，所以無法去區公所報戶口；過去甚至還有過婦產科不願開立出生證明給沒錢支付生產費孕婦的狀況。

「我聽說最常見的狀況與三百天的規定有關。」

立井幾乎沒聽過這個說法。

峰得意地開始說明：

「如果小孩在離婚成立，並且是在離婚後三百天以內才出生，小孩戶籍上的父親將推定為女方的前夫。這是為了避免搞不清楚小孩是誰的而定下的規矩。」

立井無力地「喔」了一聲頷首。

如果只聽這些，會讓人覺得這是考量到小孩狀況而訂定的法律條文。畢竟即使離婚，也可以讓小孩有父親。

「這跟高木有什麼關係呢？」

「你聽就是了，故事有點長。」

峰繼續說明。

「我爸是個家暴男，每次吵架都會拿菜刀出來的垃圾。母親逃到別的男人家，並訴請離婚，而途中懷上了我。」

在這種狀況下，即使小孩離婚後才出生，戶籍上的父親仍是前夫。

立井提出疑問，難道無法變更嗎？峰表示如果去法院申請就可以。

「但大致上都需要前夫協助，而我母親認為這樣太危險。為了保護我不被家暴男傷害，不去區公所報戶口是最佳選擇。」

於是峰就成了無戶籍兒童。

難以置信。

竟然只靠離婚日期推定小孩的父親，實在太跟不上時代了。

「明明只要鑑定DNA就可以知道父親是誰了耶。」

為什麼不修法？立井憤慨地低語。

峰隨口說，因為社會根本不在乎我們。

總覺得這充滿灰心的語調好像在哪裡聽過。

「所以，我到了九歲才有戶籍。我記得第一天去小學上課的狀況，對我來說小學是『能去的人去的地方』，所以當我知道去小學上課是理所當然的義務時，可是大受打擊喔。不過最驚訝的還是自己的名字吧。」

「名字？」

「我直到九歲都認為自己的本名是『壯壯』，很好笑吧？即使有人叫我『壯一』，我也不覺得那是在叫我。」

據說峰直到那天為止都沒有機會寫過自己的本名。

他既沒有上幼稚園，也沒上小學，所以有這結果或許是理所當然。因為他甚至沒有公定的本名。

峰直到去上學了才發現自己有多異常，整個班上只有他不知道自己的名字、學校的規矩、怎麼削鉛筆、怎麼擰抹布，周遭的人用「壯一同學」稱呼他，但在他的認知裡面，他的名字還是「壯壯」。

峰或許愈講愈傷悲，只見他又叼起一根菸點燃。

立井聽著他說聽到出神，但這時也想起自己原本的目的。他最想知道的是與高木相關的情報。

「所以，你與高木……」

「前置變得有點長了呢。當然我在教室裡面被孤立，而那時來跟我搭話的就是高木。午休時我跑去立體格子鐵架哭，那傢伙不知不覺來到我身邊，我於是對他訴說了自身不安。我說『感覺自己好像徹底重生成另一個人』，而他對我說『你的靈魂永遠存在』這樣。」

立井睜大了眼，這句話他有印象。

「靈魂是嗎……」

「當時我還小，不懂這句話的意思，但還是有種獲得救贖的感覺。我的靈魂從以前就一直存在，並不會因為稱呼不同改變。從那天起，我對高木產生興趣，心中懷抱想成為高木摯友的天真願望。應該說，我以為高木也是想跟我交朋友，才來找我搭話。」

「難道不是嗎？」

「不是。我小學、中學、高中都在高木身邊，但高木終究沒有展露過笑容。我曾去高木家玩過一次，可是馬上就被趕出來，而我單方面約他出去玩也會被拒絕。等我察覺的時候，高木已經從鎮上消失了。」

峰一副很沒趣的樣子說道。

立井老實地說出「真的是不相關的旁人呢」這般感想，峰噘起嘴回了句「要你管」。他看起來雖然不滿，但表情比剛見面時柔和了許多。

「不過因為我是這樣，所以大致可以想像高木的狀況。」

「怎麼說？」

「他大概——也是無戶籍兒童。」

原來剛才那一大串前置接到這裡。

立井下意識挺出身子。

「我可否請教您為何如此覺得？」

峰於是表示。

他在小學時曾到處詢問有關高木的情報。同班同學表示高木健介也是某天唐突地出現在學校。他並非轉學進來，也不是至今都沒到校上課，而是校方突然準備了高木的座位。當時高木健介明顯地格格不入，常常跑出教室，並未理解學校是一個怎樣的場所。

「我曾經直接問過高木。」峰得意地說道。「他雖然沒有認同，但也沒有否認。」

之所以說高木健介是無戶籍兒童是有所根據的。實際上，高木健介的家庭背景複雜，而高木之所以跟峰攀談，也是因為同為無戶籍兒童，而想給他一點建議。這樣的行為非常有高木的風格。

過去高木曾經說過，世界對我們沒興趣——

這是因為他身為無戶籍兒童所抱持的實際感受嗎？

「以上就是我所能說的一切了。」

峰深深吸了一口菸，讓身體離開桌面，靠在沙發上。

「接著輪到你了。」

「咦？」

「咦什麼咦，高木現在怎樣了？你說他要結婚是騙人的吧？」

立井重新窺探峰的臉。他雖然總是皺眉，但應該不是不高興，而是一種習慣吧。

他並沒有兇惡對待突然造訪的立井，甚至撥出時間陪他。

立井考慮到自身立場而無法全盤托出，但這個人應該值得信任。

「高木是大學生，目前跟我分租公寓，只不過現在失蹤了。」

「失蹤？」峰發出訝異聲音。

「是的，有一些無法通知警察的狀況。」

立井省略了交換身分證與殺人嫌疑的部分，說明了無法聯絡上高木的現況。雖然說謊令立井相當煎熬，但他仍徹底隱瞞自己目前正遭到警方懷疑這項事實。

默默聽著立井說明的峰雙手抱胸，嘀咕了聲：「失蹤啊……」

「峰先生，請問您有沒有什麼想法？」

「沒有。我說過很多次，我跟他只是不相關的外人。就我所知，高木沒有朋友，也沒有情人。」

「我今天探訪的每個人都說一樣的話。」

立井大大呼了一口氣，仰頭望向家庭餐廳天花板。注意力一分散，就開始會聽見隔壁桌的吵鬧聲音。一團年輕人正在大開黃腔，立井不禁怨憤起他們的樂天態度。

我可是背負了殺人嫌疑冤罪耶。

峰露出雪白牙齒，像是取笑立井那樣笑了。

「哎，很遺憾，要追查到那傢伙打一開始就不可能。」

看樣子峰也一度調查過失蹤後的高木去向。

「不過我很久沒這樣講起過去的事了，我很開心。讓我送你去車站吧。」

峰一邊用手指甩著車鑰匙說道。

在車裡，峰像是炫耀一般說著高木中學時代的狀況。他從一入學就因為成績優秀而受到注目，女生之間對他的評價也很好，但因為太難親近而沒人敢直接告白，大多來拜託峰居中撮合。他非常討厭跟別人一起吃飯，營養午餐的時間總是很不高興。而當高木不來學校之後，峰甚至有被老師找去問話。

聽了這些，立井心裡有些安心。

這不是有人關心他嗎？

他被親生母親拋棄，之後又被養父推開，他身邊可能只有少數人陪伴。即使如此，仍有人關心高木健介。

「說到底，高木還是沒有跟我說他不來學校，究竟都去做了些什麼。」

峰握著方向盤，悔恨地說。

「我想他一定是準備離家出走。」立井說出自己的推論。「他的養父這麼說了。」

「你也去見過那傢伙了喔……嗯，我想也是吧。」

峰似乎也知道高木哲也，只見他眉頭鎖得更深，或許是想起高木哲也疏遠兒子的態度吧。

抵達車站後，峰將車子駛進上下客車道。立井再次低頭致謝，峰則打開了副駕駛座窗戶，露出穩重的表情。

「沒辦法從最有機會的我身上獲得有用情報，讓你感到失望了嗎？」

「老實說，是這樣沒錯。」立井頷首。「我雖然想知道高木的去向，但顯然峰先生您也不清楚。」

峰先說了聲「抱歉啦」後，從放在後座的包包裡拿出一個小盒子。看了一下，那上面印有峰工作的家庭餐廳商標。峰說這原本是今天要報廢的水果切片。

立井在檢票口本想再次致謝，卻被峰阻止了。

「是說，立井，聽你說了這些，我反而覺得你不知道高木的去向很奇怪。」

「這是什麼意思？」

「手上擁有最多追查高木線索的人不就是你嗎？你們直到最近都還同住對吧？」

立井本想說他查遍了所有東西仍沒發現線索，但吞回了話。

峰投來高壓目光。

這問題意義深遠。可以看做責難，也可以當成建議。

立井正在評估其意圖，但峰先別開了目光。

「……我說得太過了。不過就我所知，至今沒有人能夠拯救他，也沒有人拯救了他。如果他真的有什麼麻煩，麻煩你拯救他一下。」

副駕駛座的窗戶升起，峰沒有回頭看立井這邊，把車開走了。峰的車在深夜的街道上前進，於十字路口轉彎之後便再也無法看見了。

沒有人能夠拯救高木健介——

這句話持續迴盪在立井耳中。

那天，立井在便宜的商務飯店留宿。

他脫了鞋子，在亂七八糟的床上倒成大字形。床墊彈簧嘎吱作響，讓他實際體會到飯店真的不一樣。

站前除了飯店之外，還有二十四小時營業的速食店與網咖。他在打零工的時期常常利用這些設施過夜，也確實想過久久沒利用了，應該可以去看看，但還是沒那麼做。因為他想起以前自己因為不注重健康導致弄壞了腰，而屈著膝蓋睡覺會給腰部造成負擔。

立井重新體會能夠伸直雙腿睡覺有多麼喜悅。

他遞出高木健介的學生證，並獲得學生折扣價。雖說實際上去大學上學的是立井，但這樣不知是否符合詐欺罪條件？

「哎，要是高木被逮捕了，這樣的生活也就結束了吧。」

立井在飯店仰望天花板，獨自嘀咕。

如果無法使用高木的名字，又要回到那糟糕透頂的生活。雖然腰傷幾乎已經痊癒，也培養了能夠考取某些資格的學養，狀況比之前好，但還是得去尋找住處與工作，而這樣很可能對腰部造成二度傷害。而這些將來的預測，前提也是建立在立井沒有遭到逮捕的狀況下。

高木健介與立井潤貴是生命共同體。

由兩個人成為一個人，是彼此的分身。

立井已經想通了，即使現在去找警察也不可能無罪釋放。

但是，立井沒辦法找到高木健介，高木健介充滿謎團，甚至連跟他最親近的峰壯一都對他一無所知。

立井只獲得了高木健介可能是「無戶籍兒童」的情報——

想到這裡，立井取出手機。

打開電子書籍專用ＡＰＰ，潮海晴的小說有電子書版本上架。

潮海晴的出道作裡有這樣一段內容。

『小時候，我會幫從家中窗戶可以看到的窗外學童書包取名字。學童書包的受損很有趣，紅條紋、泡麵蓋、貓爪、水煮蛋。但我無法看到它們受到損傷的過程。』

直到作品最後，都沒有明示這位主角的遭遇。從描述來看應該是沒有上學的小孩，但現在重新讀過就能發現有可能是無戶籍兒童。如果只是單純沒去上學的小孩，應該還是有自己的學童書包。如果是立井自己要寫這樣題材的作品，應該會想加入將窗外受到損傷的學童書包，與自己全新的學童書包互相比較的內容。

當立井正在床上盯著手機的時候，一道訊息傳進來。

他原本興奮地猜想會不會是高木。

但是不認識的對象發來的。

發信人是「某某某」。

立井不禁笑了，這取名品味也太妙。

他原本以為是奇怪的交友網站發來，於是點開訊息。

上面寫著這段。

『不要追查過去。一旦追查，會被殺人魔殺害。』

背脊凍僵——

有種心臟被捏住的噁心感覺。

他抬起身子，瞪著手機螢幕。

「殺人魔……？」

他心想，這是偶然嗎？但立刻搖了搖頭。這是他在追查高木過去的途中送來的訊息，肯定是發給自己的。

但究竟是誰發的？

為什麼發？

雖然很可能是惡作劇，但這訊息實在太弔詭了。

「即使叫我不要追查，但我根本沒有方法追查啊。」立井把手機放到枕邊。不，就是有方法才會有這訊息過來吧。

他重新審視筆記，雖然這樣的威脅很不舒服，但他也不處於能因為這種抽象警告就放棄調查的情況下。

立井拿起飯店備品咖啡沖泡，坐到桌面，把腳放在椅子上。先喘了一口氣之後，開始重新審視從高木的養父與同學口中收集到的情報。

「咦……？」

於是發現了。

在聊的時候沒能看出，但重新整理情報時便一目瞭然。

「時間先後順序怪怪的。」

他拿起原子筆畫成圖表。

「十一歲因為火災喪父，後來被養父收養。不過，高木跟峰是九歲時在小學認識……」

立井停下拿著原子筆的手。

「那高木是幾歲去報的戶口？」

如果有上小學，高木健介至少在九歲的時候一定有戶籍，在那之後親生父親去世，然後被高木家收養。不對，火災到底是什麼時候發生的？

『請問，健介同學是不是剛好在火災現場？』

『……這個嘛，確實剛好在火災現場。』

立井腦中閃過的，是當提及火災相關事項時，高木哲也表現出的短暫猶豫。

讓他格外在意起高木家所發生的火災狀況。

隔天早上，立井來到區公所，申請了高木健介的戶口名簿。

戶口名簿與在現住處公所能申請的戶籍謄本不同，能夠在戶籍所在地的公所申請。立井立刻確認了高木的戶籍。

高木的出生年月日與報戶口的日期中間有著七年落差。

他果然是一位無戶籍兒童。

到了七歲，才總算有了戶籍。

出生時的雙親名為「田邊裕」和「田邊清美」。

立井在這之後前往圖書館，借用了搜尋報紙報導的服務，並且搜尋了高木父母的名字。用他的母親「田邊清美」沒有跑出任何搜尋結果，但以父親的名字「田邊裕」搜尋，就查到一樁過去的案件。

是地方報紙報導的內容。

那場火災在十五年前發生。

十一月八日，公寓某戶起火，整棟建築物半毀，犧牲者只有高木健介的親生父親田邊裕。他在昏迷狀態下被送到醫院，隨後死亡，死因是一氧化碳中毒。火場還有一位兒童，在火災當時與田邊裕在同一個房間內，但似乎平安獲救。報紙報導表示火災起因仍在調查。

立井感到意外，因為火災發生的時間比他想像得還要早很多。

火災之後，高木健介有整整四年都與母親同住。

『健介因為火災失去了父親，只靠他母親無法養育他，於是兒福機構來聯絡我。』

但高木哲也沒有明確說明這段過程的先後順序，他的說法很像是火災之後就收養了健介。

他為什麼沒有說明火災何時發生——

難道是立井想太多了——或者是高木哲也想要隱瞞些什麼——

立井再次看了看戶口名簿，當他發現某項事實時，有股心臟被直接掐住般的衝擊。

高木健介報了戶口的日期，是父親因為火災喪命之後的短短五天後。

那棟建築物位在離高木老家不遠的住宅區。

是一棟看起來似乎快要崩塌的木造公寓。外觀甚至沒有上漆，黑色的木紋裸露在外，感覺好像要被隔壁大樓庭院長出來的櫟樹樹枝壓垮。牆面上雖有排水管，但早已破裂，正滴著今早下過的雨水。建築物正面有一棟三層樓住宅，住宅的紅色三角屋頂遮住了陽光。

立井此時打電話給峰，他也接聽了，或許不在上班時間吧。

「我現在在峰先生告訴我的高木老家前面。」

峰先「喔」了一聲，然後說：『很破爛吧？』

立井加以肯定。

他面前的是高木在九歲左右居住的公寓。

在被高木哲也收養之前，他應該就住在這說好聽也不能算像樣的住處吧。

『雖然我沒進去過。』峰說道。『高木說他跟母親處不好，所以不讓我進去。』

立井看著房子外觀，想像裡面的模樣。

並且想起了潮海晴的小說內容，是第一作的其中一段。

『母親很怕丟東西，房子裡面被物品填滿，包括免洗筷、塑膠便當盒、泡麵容器、真空包包裝。母親教會我的第一件事，就是在家不穿襪子很危險。每隔兩天房門就會被敲響，接著可以聽見怒吼與咋舌聲。我撕開咖哩紙盒打造機器人，假裝沒聽到這些聲音。』

這時，立井聽見背後傳來小孩玩鬧的開心聲音，是一對背著兒童書包的少年少女。少年揮舞著雨傘，少女則加以勸阻。深藍色的兒童書包扣環鬆開，每當少年搖晃身體，感覺裡面的東西就快要掉出來。

立井將目光移往公寓，看到滿是煤灰的窗戶。

「峰先生，可以再請你說明一下無戶籍兒童的狀況嗎？」

『啊？』

「你說大致上的案例都是因為家暴或者私奔，所以母親沒有去報戶口對吧？」

峰一副覺得很不可思議的態度忠告立井：『嗯，但不代表高木也是這樣喔？』

不——就是這樣。

立井在內心否定。

高木健介之所以沒有戶口，原因應該毫無疑問出在父親身上。畢竟高木健介在父親因火災身故之後馬上就取得了戶口，所以自然會推測高木健介是因為問題排除了，才得以申報戶口。

但如果是這樣也很奇怪。

會有不應產生的矛盾出現。

「峰先生您……」立井嚥下口水。「在沒有戶口的時候，曾經見過親生父親嗎？」

峰生氣地回：『怎麼可能見過。』

其實連問都不必。

畢竟是為了與生父斷絕關係才沒有報戶口，如果能跟生父維持可以正常見面的良好關係，根本不會變成無戶籍兒童。

這裡很矛盾。

高木健介不可能會被牽連到火災。

如果高木健介躲避父親，就不可能在父親家中，他應該會與母親躲在這破爛公寓裡才是。高木哲也也表示過當時他們分居。

儘管如此，高木健介還是與父親見面了——

然後當天關鍵的父親因為火災喪命，之後高木健介完成申報戶口。

『你怎麼了？』峰擔心地問道。『從剛剛起聲音就有點顫抖喔？』

立井沒有回答這個問題，接近眼前的公寓。

信箱裡面塞滿了郵件。他輕輕伸手進去，隨便就能翻出電費與水費的欠繳通知，甚至還有幾張借款的催費通知，而且幾乎每一戶都有。也就是說，這裡就是這樣的集合住宅。

逃避家暴的單親家庭當然不可能過上富裕生活。

立井自己也體驗過，既然無法與戶長切割，在制度上就無法申請生活補助。

在這樣的生活狀況之下，高木健介究竟下了什麼決心——

他想過若要與生父撇清關係，究竟該如何是好——

『只要一天就好，請幫我慶祝生日。』

高木健介是否像潮海晴筆下的主角那般拜訪了親生父親呢？手中握著皺成一團的五千圓鈔，來到只會喝酒的沒出息中年男子身邊。

幫小孩慶祝生日，會準備插了蠟燭的生日蛋糕。

男子看到手握紙鈔、說是自己兒子的小孩出現，並沒有兇惡以待。從男子的角度來看，這是他從未見過的兒子來找他，可能表現出歡迎態度。帶小孩去買蛋糕、用火柴點燃蠟燭、喝了酒睡著，而確認男子睡著的高木健介則悄悄用火柴點火——

「不，這全部是我想像出來的……」

立井無力地嘀咕。

發生火災時高木健介只有七歲，不管怎麼說都太年幼了。

他心中只有疑惑。高木造訪分居中的父親，而父親在當天因為火災身故，高木因此得以申報戶口。針對這些事項，立井所想的都只是臆測，完全沒有證據，但是——

立井隨口說了句話矇混過去之後，掛掉電話。

接著用手摀住了臉。

高木健介可能為了取得戶口而殺害了親生父親——

高木哲也恐怕也得出和立井同樣的結論吧。

『他是個詭異的孩子。』

這樣就能理解他為何如是形容高木健介，也為何避免與其有所關聯。雖說遭遇非常不幸，但跟有殺人嫌疑的小孩同住，壓力還是很大吧。

而這也可以套用到高木的生母上。她最終還是把高木健介交給親戚，雖然高木哲也沒有說明原因，但應該和高木健介的「詭異」脫不了關係。

他們或許比同學們更深入理解高木健介吧。

「沒人知道的檯面下形象……」

殺人嫌疑瞬間飆漲。至少對現在的立井而言，他沒辦法理直氣壯地說高木不可能殺人。

但他也不可能就此停止調查。

「——我得去。」

立井這樣告訴自己，並離開公寓。接下來需要調查的事項已經確定。

母親逃離父親之後，並沒有幫出生後的高木健介申報戶口。高木作為一個無戶籍兒童誕生，在父親死後取得戶籍，並得以上小學。十一歲時被高木哲也收養，與母親分別。

這跟《鏽蝕雙翼的孩子們》的情節非常相似。

包括沒有父親的遭遇、與母親一同住在狹小公寓的生活、被周圍的人認為詭異的狀況，甚至最終與母親分別的結局。

在這座小鎮上聽到的內容有太多與小說內的描寫雷同，高木並非單純以自身故鄉為舞台，包括主角的遭遇與他採取的行動，都是以自己的人生為樣本。

那麼，接下來該思考的事情只有一個。

在第二部作品《踏上通往無意義夜晚之旅》裡登場的女孩。

第三作《椿子》的女主角。

兩部作品中登場的少女有許多共通點。天真、意志力薄弱、短髮、陪伴在主角身邊的女孩。即使立井在第三作的初稿階段數度提議修改，高木也完全不願退讓。為什麼高木如此拘泥這位女主角呢？

這還用說。

因為這位女主角對高木健介而言是無法取代的存在。

潮海晴——高木健介小說中的女主角有參考對象存在。

4章

「你的熱情到底是從哪裡來的？」

大概是開始分身生活後一年左右。

立井拋出這個疑問。

高木從廚房的冰箱冷凍庫取出義大利麵，倒在耐熱盤上，並將盤子放進微波爐，按下開關。

掛在房間的電子式時鐘上面顯示時間是晚上十點，他現在才要吃晚餐。

從立井傍晚回到家直到現在，高木一直關在房內寫作，沒有休息。他的雙眼因為充血而有些泛紅，臉色實在說不上好。

已出版作品的改稿工作逼死了高木。以單行本形式發售的潮海晴第二部作品《踏上通往無意義夜晚之旅》即將發行文庫本，高木則像是要在每個字裡面注入感情那樣持續花費時間。

「高木寫小說的動機是什麼？要怎麼維持動力？」
這是一介凡人立井理所當然會抱持的疑問。
高木遲遲沒有回答，相對的，他靜靜地將目光投射在立井身上。
「該不會……」
「嗯？」
「你也在寫小說嗎？」
立井其實想隱瞞的，沒想到竟瞬間被看穿。
他搔了搔鼻頭以掩飾害臊。
「我只是嘗試看看，完全不懂寫作是什麼。」
「很好啊，下次讓我讀讀看吧。」高木稍稍放鬆了表情，說不定是笑了。
立井急忙在臉前揮揮手。
「不行不行，我不覺得自己將來能完成小說。」
「寫到一半累了？」
「就是這樣。所以，我才想說如果有動機，是否會有所改變。」
開始寫的時候有自信能完成一部傑作。

立井受到高木影響，養成了讀書習慣。他變得會給高木許多關於小說的意見，也養成了習慣去收集能寫進小說內的題材。

目標是像潮海晴那樣。

然而一開始動筆，就知道這只是自抬身價。他花了一整天的成果，是份量約等於三張A4紙的各種充斥既視感文章。原本熊熊燃燒的熱情瞬間萎縮，並且嘆息如果把這時間拿去打工，應該可以賺到一萬日圓。

「我的動機啊。」高木凝視著發出低沉聲響的微波爐。「為了錢吧。」

立井有些意外竟是這樣俗套的理由。

但高木補充說道：「至少一開始的時候是。」

「那現在呢？」

「沒什麼特別有趣的原因，不值得跟他人分享。」

高木輕輕甩手。

「可是我想知道。」立井在客廳的椅子上坐下，並將腳紮實地放在地板上。

高木深深頷首，離開微波爐，從冰箱取出蔬菜汁。

「雖然說愈多聽起來就愈像說謊，但應該算是垂死掙扎吧。即使被遺忘，我們的靈魂仍然存在，所以我想訴說、想吶喊。雖然現在的我做不到，但我想把深深挖鑿人心，甚至足以改變他人行動的激情注入作品之中。」

高木這麼說。

「——讓人們知道我們在這裡。」

微波爐的聲音與這番話同時響起，高木拿著耐熱盤回房，應該是要一邊吃飯一邊寫作吧。立井當然不能干擾他的熱情，所以沒有繼續追究。

當時，立井認為高木口中的「我們」是一種抽象的指稱。應該是泛指「我們年輕人」、「我們小說家」、「我們人類」等廣範圍的概念。

事後回顧，才發現或許不是如此。

高木應該是在指稱自己與一位少女。

高木健介或許是為了訴說與某位少女的回憶，才撰寫小說。

⋮

立井被手機來電鈴聲吵醒。

睜眼看到不熟悉的天花板，才想起自己住在商務旅館裡面。他用手抹了抹臉，看向放在枕邊的手機，是不認識的電話號碼打來。立井思考著是誰的途中，電話掛斷了，也沒有留下語音信箱。

是高木嗎——這般期待之心，在這五天內數度受挫。

立井前去盥洗。第二天住的這家的飯店比前一天的稍稍便宜了些，但房間內的設備並不差。

盥洗完畢之後，立井拿了利用差額購買的穀物棒出來啃。他心無旁騖地啃著花生，思緒也漸漸地運轉起來。

剛才的電話是誰打來的？原本想著要去網路上搜尋，這時電話又響了。

「喂？」這回他接聽了。

『喂，請問是高木先生嗎？』

聲音低沉威壓，立井覺得好像聽過，但想不起來。

立井手摸著下巴說「我是」。

『我是強行犯搜查係的——』

對方這麼說的時候，立井想起了中年刑警的臉。

他維持直立姿勢接聽電話。

『三天沒聯絡了。高木先生，不好意思，我還有事情要請教，能請你來署裡一趟嗎？』

刑警隔著電話說話似乎就很禮貌。

立井深呼吸一口氣，並避免被對方聽見。

「……我需要在警察署說些什麼？」

『請容我在署內說明。』

「我的不在場證明沒有獲得認可嗎？」

『這也請容我在署內說明。』

「好吧……」

警察應該是發現新證據了吧。立井嚥了嚥口水，這次可能真的會被逮捕。

他發出憨傻的「啊——」一聲。

「可是我現在出外旅行耶，要馬上就到有點困難……」

刑警的聲音變得尖銳。『旅行？你人在哪？』

「來找個老朋友，原本就安排好的喔。」

立井努力裝出快活的聲音。

如果被對方誤認為是要爭取時間湮滅證據就糟糕了。

『……是為您的小說取材嗎？』

刑警發出低吟聲。

看樣子是擅自想像起來了。

「嗯，就是這麼回事。」立井順著話頭說道。

『您老家在神奈川對吧？』

「是的。」

『那麼您回老家住？』

「不，今天住在商務飯店。」

『為保險起見，能請您告訴我飯店資訊嗎？』

立井報上第一天與第二天住宿的飯店資訊，他是以高木健介的身分證申請住宿，所以沒有說謊。

「我想明天早上應該能到署裡一趟，這樣行嗎？」

『明白了，我會等您到來。』

立井邊回答邊察覺狀況怪怪的。

原本被當成嫌疑人的自己所提出的要求竟這麼輕易通過。

「但除了上次說的那些之外，我沒什麼可以說的了喔？」

『嗯，即使您沒有自覺，但有時候出乎意料的情報很有可能成為破案的關鍵線索。』

立井搖了搖頭，坐在床上。

應該無法輕易結束吧。

『您不用這麼戒備沒關係。』刑警說道。『抱歉打擾您取材旅行了，請您不用介意這邊，繼續享受吧。』

「好的，我會這麼做。」

『這次的取材是怎樣的內容？』

「想要回顧自己的原點。」

立井用這句話堵住無論怎樣瑣碎的內容，都要追根究底盤問的刑警嘴巴。即使知道自己必須假裝成善良市民，但被問這麼多還是會煩躁。

『原點，很好呢。』刑警發出感佩般的聲音。『這麼一來，接下來您打算造訪老朋友或前女友一類的嗎？』

「我沒義務回答。」

簡單說完之後掛斷電話。

確認通話結束之後，立井不禁自言自語抱怨起來。

「接下來要去拜訪前女友？我才想知道這前女友是誰呢。」

結束與刑警之間的通話之後，立井前往赴約。雖然他在意警察的動向，但也不能做什麼。

即使想要湮滅證據，但立井並不知道高木是否真的殺了人，也不知道高木現在人在何方。

立井接著造訪的城鎮與高木老家在同一市內，更靠近港口的位置。下電車的時候，一股海水的氣味撲鼻而來，車站張貼的海報表示，這裡的工廠夜景在發燒友之間是令人垂涎的景色，上頭還印著有如光輝城堡的工廠照片。

打開地圖APP，發現前往約定場所的方法似乎只有徒步。雖然很感謝對方在不熟悉的地方指定了碰面地點，但過程還真是麻煩，途中需要轉好幾次細小的彎路。但實際走了之後，發現其實是連貫的鬱鬱蒼蒼雜樹林坡道。立井必須像是逃避海邊的企業聯合工廠區那般登上坡道。

立井感受著以三月來說略顯溫暖的氣候，走在彷彿要整個覆蓋道路的茂密樹林裡。他邊走著，邊回想到此為止的經過。

在潮海晴的小說中登場的少女——所謂的「女主角」。

立井重新讀過潮海晴的第二與第三作，尋找關於她的敘述，但無論重讀多少次，都無法獲得具體情報。小說裡面只有描寫主角與她之間的互動，缺乏關於這位人物背景的描述。

因為言行舉止幼稚，推斷年齡應該比高木小。從小學與中學在同一校區來看，地點如同高木所述，在鄉下地方的可能性很高。另外因為沒有關於父親的描述，有可能是只有母親的單親家庭，然後和高木一起離家出走——能夠推論出來的內容只有這些。

立井聯絡峰，並問他對這號人物有無印象，但峰也不清楚。可能不是在學校見面，或者是高木中學畢業之後才相遇。

「女主角」究竟是何方神聖——

與高木失蹤的現況有否關聯——

是不是只有她才知道高木現在身在何方——

雖然問題一堆，但困擾的是沒有人脈可以讓立井尋找相關線索。

於是他決定賭一把。

立井回信給威脅者——發出神祕警告的人物。

『我沒打算停止調查，甚至在知道有人被調查之後會困擾的現在，我更有意願仔細查證了。如果有意見，就直接來跟我說。』

他刻意說得挑釁，因為他推測如果是會發送威脅訊息的對象，思緒說不定意外地單純。

果不其然，對方回信了。

『明天到我指定的地點來。』

雖然有股危險氣息，但沒有其他線索的立井只能照做。

正當立井思考至今為止的經過時，原本圍繞周遭的樹木沒了，他抵達了小丘頂端，來到一個開闊場所。地面突然變成鋪設妥善的水泥地，看起來是停車場。

停車場角落聳立著一座猶如繪本會出現的那種西式尖塔，看來是展望台。

立井回頭，能夠看見青翠廣闊的大海與整齊排列的工廠，他理解到車站的海報是在這裡拍攝。

他剛剛好在約定的時間抵達，但沒看到對方人影。

果然是惡作劇嗎？

立井在那之後等了二十分鐘左右仍沒有人來，即使傳訊過去也沒有回音。

雖然他是一半期待、一半懷疑，仍不免失落地垂下肩來。

這下子線索真的沒了。

他走下坡道，思考下一步該怎麼辦。

順著來時路回去，那是一條長青樹茂密的細小坡道，視野狹隘，雖然是白天仍呈現微暗狀態。加上或許是平日的關係，行人只有立井一人。

就在他走到一半的時候。

某人從樹木陰影處衝出。

立井無法及時反應。他被扣住脖子，拖到路邊。雖然想站穩腳步，卻因為路上茂密而溼潤的雜草打滑。當他想到可以大喊的時候，已經是完全被拖到道路之外，並被一把美工刀抵著威脅的狀態了。

「別追查高木健介，知道嗎？」

聲音是個男性。

立井轉過去，看到一位戴著面具的男性。雖然他被遮住了半張臉，但看起來是個年輕人，手臂纖細，個子比立井還小一個頭，應該並不習慣使用暴力。

立井發現對方並不會立刻用美工刀捅過來之後，找回了冷靜。

「是你發出威脅訊息嗎？」

男性不說話。

立井於是再問：

「你認識高木嗎？」

「閉嘴。」男性拿美工刀貼近立井的喉頭。

「……那，我最後再問一個就好。」

立井看了看坡道上面。

「那邊那個人是你的伙伴嗎？」

「咦？」

男性可能是以為有目擊者而發出了憨傻聲音。

立井沒有錯過這個空檔，以雙手抓住男性握著美工刀的手，並在壓制這隻手的狀況下一個掃腿，使出了不成樣子的過肩摔。但即使摔得這麼不像樣，仍足以讓男性倒地。

整個腰被摔在地上的男性手中美工刀因而離手。

立井立刻回收美工刀，接著確認襲擊者的模樣。

他首先看到略顯稚嫩的臉孔與剃得短短的小平頭髮型，接著看到一整套運動服的隨性打扮。

立井有些意外。

因為那是一個不管怎麼看都未成年的少年。

少年名叫簑島真司，中學三年級。

立井以報警要脅少年，逼少年交出學生證，並且帶著他來到站前。接著他問簑島這附近有沒有地方可以坐著說話，簑島指了指店門口擺設了椅子的超市，看樣子是想說超市附屬的內用區。雖然是有點欠缺緊張感的地方，但站前確實也沒其他可利用的設施了。

立井在超市裡購買兩瓶飲料，來到吧檯座位坐下。

簑島擺出與方才的威壓完全不同的態度，像個遭到老師責罵的小孩那樣縮著身體，並乖乖遵從立井的指示。

簑島拜託立井不要讓學校知道這件事，立井則表示只要他老實招認就不會報警。聽到「報警」一詞，簑島臉色瞬間鐵青。

「我是被雇用的。」他慌張起來。「我也不知道詳情。」

「被誰？」

「班上同學。」

立井無法理解狀況。

簑島似乎理解立井的困惑，只見他垂下眼，以細小的聲音說：「我算是有名的順手牽羊慣犯。」

簑島家境似乎並不富裕。進入中學就讀時，周遭就發現他有扒竊習慣，但他以現行犯身分被逮捕之後，這件事就在學校傳開，大家都知道簑島是順手牽羊慣犯。

「所以大家認為只要給錢，我什麼事情都能做。」

事實上就是這樣吧。立井如是責難，簑島則悔恨地緊緊握拳。

立井覺得自己好像在欺負弱小，於是換了話題問他成功報酬是多少。

簑島再次以毫無氣勢可言的聲音說「五千日圓」。

雖然這金額廉價到讓立井不禁懷疑自己的耳朵，但對他而言或許是一大筆錢吧。

「我知道了。這樣吧，我可以隨便請你價值五千日圓的東西，但你要帶我去找雇主。」

雖然立井也有點在意荷包，但只能當作是必要支出認賠。簑島閃爍著眼睛反問：「真的嗎？」立井表示只給他十五分鐘，簑島於是衝去食品區，專心將商品放進購物籃裡。

簑島拿了數量足以塞滿四個購物籃的便當，立井於是提醒他是否該買保存期限更長一點的東西。簑島害羞地笑著說自己還有弟弟，目前就讀另一所中學的弟弟因為學校活動所以不在。結帳金額雖然超過了六千日圓，但立井仍默默地付掉了。

立井和簑島分別提著一個大型購物袋，一同朝展望台前去。兩人再次登上坡道，最終抵達小丘上的尖塔。

立井上來之後才發現，展望台真的是個很適合談話的地點。上頭設置了可以欣賞風景的長椅，也能夠避免日晒，同時不必擔心談話內容被別人聽見，甚至還有舒暢的海風吹來。

長椅上面坐了一位少女。

少女有著一張天真無邪的臉孔與威壓感十足的上吊眼，長相十分樸素。身上是一件灰色帽T配牛仔褲的低調打扮，更加強了樸素的感覺。

簑島事先已經告訴了立井，少女名為伊佐木志野。

她看到立井身後的簑島之後，睜圓了眼說：「你為什麼帶他來啊？」

簑島雙手在面前合十致歉。

立井揮揮手趕簑島回去，他先再次向伊佐木致歉，才提著兩個購物袋消失。

當場只剩下立井與伊佐木兩人，立井於是來到她前面。

「沒想到像妳這樣的女生會雇用人襲擊我。發出那些威脅訊息的也是妳嗎？為什麼？」

立井不知不覺中搬出了逼問的口氣，伊佐木縮了縮肩膀。

「……我是受人所託。」伊佐木低下頭。「是真衣的男友拜託我的。」

「妳也是嗎？誰拜託妳的？」

「所以我剛不是說是真衣的男友嗎？我是真衣的摯友。」

立井搔了搔臉，看樣子要從她口中問出事情得花不少時間。

他花了點時間從伊佐木口中問出真衣的男友情報，是個高個子、眼神冰冷、面無表情的理性男子——

立井途中感受到一股彷彿腦袋被毆打的衝擊。

「他該不會叫高木健介吧？」

伊佐木不甚有自信地點頭表示對方好像就是姓高木。

這發展完全出乎立井預料，沒想到竟然是高木本人發訊息叫他不要繼續追查，而且是透過這名少女，並非自己發出。

「為什麼……？」

「我不知道。他只是前天左右突然透過手機聯絡我，叫我『去警告一個男人不要再追查事情了』這樣。」

立井再詳細追問，看來是突然有一條訊息發到伊佐木手機。伊佐木當然也覺得可疑，但因為發信人是自己的摯友吉田真衣，加上對方給了價值一萬日圓的禮品卡作為報酬，伊佐木於是接受了。對方並沒有詳細說明，只是伊佐木從文字可以看出對方正困擾著，於是為了摯友決定照做。伊佐木接到男性表示不願服從的訊息之後，才雇用了班上同學。

知道了這麼多之後，立井瞪了伊佐木一眼。

「為了保險起見我問一下，拿美工刀是高木指示的？」

伊佐木目光游移，很歉疚似地否定。

她似乎是行事之際不考慮後果的類型，高木大概也沒想到她會這麼遵守原則地實現諾言吧。

立井從伊佐木手中接過手機，看了訊息文字後開始思考。

高木之所以不直接告訴立井而透過伊佐木，應該是為了防範警察吧。高木應該不知道立井現正瞞著警察，可能抱持懷疑態度吧。

立井心中閃過一抹寂寥，這時伊佐木起身。

「那個……我都說完了，所以先走了。總之真衣她男友希望你不要繼續追查下去。」

立井急忙出聲：

「不，等一下，我還有事情想問妳。」

「饒了我吧。我可以為威脅你一事道歉，但這件事原本就跟我無關啊。」

立井說不出話。

伊佐木說得沒錯，她只是個傳話的，沒義務陪著立井和高木攪和。

伊佐木有禮地對立井一鞠躬之後轉身，並且以逃跑般的快速腳步離開展望台。踏在階梯上的聲音空虛地迴盪。

不過，立井不能就這樣讓她走——

他慢了幾秒才統整好想法，接著從展望台挺出身子，對底下的伊佐木喊道：

「妳知道吉田真衣現在在哪嗎？」

伊佐木停下腳步，露出吃驚表情回頭。

這樣的反應讓立井知道自己猜對了。

接著乘勝追擊般繼續說道：

「伊佐木同學，妳該不會在找吉田真衣吧？所以妳才會為了她而採取行動，對嗎？」

立井並不知道真衣是何許人也，但從伊佐木的說詞來看，她肯定與高木相當親近。有可能是「女主角」。如果吉田真衣就是當事人，她應該已經離家出走，與高木一起從鎮上消失了才是。

伊佐木大聲說道：

「你知道真衣在哪裡嗎……？」

看樣子推理命中了。

伊佐木的摯友——吉田真衣就是「女主角」。

「我在追查高木，而那個吉田真衣跟高木很親近對吧？如果我找到高木，屆時我會告訴妳吉田真衣在哪裡，如何？」

立井以不輸給吹來的海風的大音量喊道。

伊佐木先緊緊抿唇一會兒，並保持沉默，接著頻繁地眨眼，看來陷入了沉思。後來她總算抬起頭，並且回到展望台上，對著立井說：「我知道了。」

伊佐木走到展望台邊緣，看著眼下景色。白色的工廠聚落看起來像是巨大的立體格子鐵架，在那之後有著一大片深藍色的海洋。

立井來到她身旁，並拜託她讓自己看看吉田真衣的照片。伊佐木爽快地展示手機螢幕，那是一張伊佐木與另一個少女在小學校門口比著V字的照片。如同潮海晴小說裡面的描述，是一個短髮、缺了門牙的稚嫩女孩。看來吉田真衣毫無疑問就是「女主角」了。

立井將手機還給伊佐木後，她開始述說：

「……我和真衣是在院所長大的，我從懂事開始就待在院所，但真衣是在小學五年級左右時轉入，我們在院所相遇。」

院所似乎是指兒童保護設施。伊佐木等人居住的設施規定小孩避免使用「設施」這種說法，直接以院所稱之。

吉田真衣來到院所之前似乎罹患了重病，她有點與世隔絕的感覺，與她同學年的伊佐木常常照顧她。因為吉田真衣的遭遇讓她幾乎無法出門，所以不管碰到什麼的反應都很誇張，而這激起了伊佐木的興趣。伊佐木一開始還很反感院所丟了個苦差事給自己，但等到她回神時才發現自己自然而然與她親近起來。

「她是生了什麼病？聽妳這樣說好像很嚴重。」

「這個嘛。」伊佐木回答得不乾不脆。「至少在我面前看起來不像生病的樣子，應該是康復了吧？她本人也沒有詳細跟我說。」

自出生以來就在自家療養，隨著成長得以康復的病症。

立井一時之間只想得到氣喘，但氣喘真的有可能完全不留下後遺症嗎——

不過立井並非專家，所以他放棄思考這些，催促伊佐木說下去。

伊佐木繼續說道。

她與吉田真衣的友情非常堅定，只有對一件事的看法不和。

吉田真衣有一位親近的男性。

「她似乎偶爾會與年長的帥哥一起出門。好像是在她生病其間不離不棄支持她的男友，但老實說我不相信。」

伊佐木避諱地告訴立井理由。

「因為真衣很怕男生，完全不說話的程度甚至讓人吃驚……」

儘管半信半疑，但伊佐木在親眼目擊他們約會的現場之後總算接受了。因為吉田真衣在男友面前露出了連伊佐木都從未見過的開朗笑容，甚至讓伊佐木對摯友抱持的嫉妒心徹底消失。

在那之後，她與真衣似乎也以摯友身分連接著彼此——

「不過她在三年前……小學六年級冬天左右離家……」

突然失蹤。

吉田真衣帶著僅有的個人物品從院所消失，消失的方式完全沒有預兆，甚至讓人懷疑是不是綁架或者刑案一類。結果過了一星期左右，大家推測她應該是在離開之後前去那個男友身邊了。

立井問說吉田真衣有沒有留下什麼，只見伊佐木困擾地癟著嘴，看來是沒有。

「硬要說大概就只有這手錶了。」

伊佐木讓立井看了看左手腕上的手錶，那是一副小巧的古董風格手錶。

「這手錶放在教室，然後是剛剛那個簑島拿來給我的。她忘了自己的寶貝離家出走了。」

「寶貝？」

「她總是戴在身上，上課的時候也常常撫摸它，好像是男友送她的禮物，有點像真衣的護身符。」

似乎是耶誕禮物。吉田真衣跟伊佐木一起去選了送給高木的禮物，她送了高木一枝金屬製的黑色鋼珠筆。

立井知道那枝筆，是高木健介愛用的筆。

兩個人在耶誕節交換禮物，吉田真衣收下了手錶——

「這樣聽起來確實是寶貝呢。」

立井拜託伊佐木讓他看看手錶，伊佐木同意了。

那是一只隨處可見的普通手錶。

手錶背面刻上了一些文字。

【27221*41746 5*2361 25 9533】

看起來不像商品序號，而是用尖銳物品刻上去的一串數字。

「這些數字是什麼？」

伊佐木曖昧地搖搖頭，看來她真的不知道。

立井定睛看向這串數字，他對數字中間夾雜的「*」記號有印象。

他曾經和高木議論過暗號話題，就是在那時候看到的。

也就是說，這應該是高木刻下的暗號吧。

手錶是高木贈送給吉田的禮物——那麼，應該是寫給吉田的訊息了。

暗號本身很容易破解。

總之立井先把暗號抄寫在筆記本上，途中伊佐木嘀咕道：

「她離家出走約三個月之後，寫了一封內容簡短的信來。『我現在很幸福，很感謝高木先生』這樣，所以我想她應該跟高木先生在一起……」

伊佐木落寞地垂下肩膀。

「真衣還跟他很要好嗎……？」

立井無法回答，只是把吉田真衣捎信過來的時機與信件內容抄寫下來。信件是在三年前春天寄到的，是立井與高木開始同居一年前左右。

——或許吉田真衣才知道高木身在何處。

高木在分身生活開始之前似乎仍與她有所聯繫，但立井在與高木度過的這兩年之中沒有見過吉田真衣的身影。她和高木同樣是個充滿謎團的人物。雖然立井覺得她是追查高木過程中的關鍵人物，但線索實在太少了。

去詢問院所職員看看好了。

大人說不定會持有與伊佐木不同的情報。

但立井突然造訪，對方會願意開示前居民的個資嗎？

立井回頭看向伊佐木。

「那個，有件事想請妳幫忙一下。」

兒童保護設施「欅之家」建造成融合於住宅區內的感覺，客觀來看甚至會以為那是富人們居住的小別墅，是一棟整片外牆漆成白色的洋房。直到看到直立招牌為止，立井都沒有發現這裡就是設施，差點就要直接經過。

立井在伊佐木帶領之下於玄關等待，接著她帶著看起來像是設施職員的女性過來，是一位體態有點豐滿的中年女性。她看著伊佐木的眼神溫柔，但一轉向面對立井便露出緊張之色。

按照事先的安排，伊佐木向女性表示：「這位是高木健介先生，真衣的男友。」

立井深深鞠躬致意。

這是在伊佐木協助之下，由他假扮高木健介的作戰。至少比起完全不認識的外人突然造訪要好得多。

兒童養護設施的代表名為橋爪，持續以帶著戒心的眼神觀察立井的她，順勢引領立井進入建築物。進入寬敞的客廳之後關上門，避免其他小孩闖進。看樣子這裡兼作會客室。

伊佐木在門外等待，客廳裡只有橋爪與立井。

先開口的是橋爪。

「首先想請你說明你與吉田真衣的關係。」

立井把從潮海晴的第二作與伊佐木口中得知的情報混在一起托出。

自己在吉田真衣於自家療養期間，發現了每天看著窗外的她，並主動問候。因為自己也有無法上小學的時候，所以很同情她，並且與她親近起來，偶爾會碰面。

說完這些之後，接著就是完全編造出來的內容了。

「我因為忙碌而持續了一段無法見面的時間，當我暌違許久想要聯絡她的時候，才聽說她離家出走——我想知道她去了哪裡，她對我來說就像妹妹。」

橋爪似乎對立井的謊言有一些想法而瞇細了眼睛，並且對立井表示儘管這要求不禮貌，但請他出示身分證件。立井於是遞出學生證。

橋爪確認了學生證之後，彷彿演戲般嘆了口氣說：「怎麼會這樣。」

「我們還以為真衣去了您身邊……」

「請問您們有報失蹤人口嗎？」

「當然。即使如此仍找不到人，我們只能放棄……」

橋爪最後說得很像辯解，看樣子她是信了立井的謊言，並且誠心擔憂。雖然要欺騙這位善良的女性很心痛，但立井也無法回頭。

他說，自己說不定有機會找到她。

橋爪於是放下戒心，開口說：「如果是這樣——」

「請問高木先生，您知道真衣的家庭狀況嗎？」

「我沒有太詳細追問。」這麼回答之後，立井才想到一無所知也太不自然。「我只知道真衣與生俱來罹患某種疾病，因此無法去上學。」

「疾病……」這時橋爪意味深遠似地重複了立井的發言。「沒錯，真衣沒有上小學。後來是以她母親意外身故為契機來到這院所才得以治療，並且去上學。」

立井這時提出了一直以來抱持的疑問。

「那個……應該不是什麼不治之症吧……？」

聽伊佐木述說時產生的最糟糕想像。

立井之所以不知道吉田真衣這個人存在，是不是因為她罹患重症已經身故——

「不，不是這樣的。」

橋爪很乾脆地否定。

雖然有種白操心的感覺，但總之安心了。

立井詢問吉田罹患的病症名稱，但橋爪顯得有些不願意地表示「我想這應該跟我們要講的內容不太有關係」並帶過。立井也沒有過於深入追究，只要知道吉田真衣還活著就夠了。

橋爪彷彿改變話題般繼續說明。

「所以她在小學是個有點格格不入的孩子。」

長期在自家療養的吉田真衣學力明顯跟不上，也不擅長與他人交流，一星期之中有一半以上的時間都是哭著回到院所。在院所的朋友除了伊佐木志野以外沒有別人，每天都哭訴著不想去上學。因為有伊佐木陪伴，她沒有遭遇什麼太嚴重的霸凌，但仍沒能跟其他人打成一片。

「我也算很誠懇地對待她，但一個回神她就像一陣煙從院所消失了……」

之後出乎立井預料之外的，是沒能聽到比伊佐木所說的更多情報。上中學之前，吉田真衣就離家出走，沒有再回來。雖然院所這邊有報警並加以搜索，可惜線索只有名為「高木」的這號人物，所以沒能找到。

另外當時的吉田並未持有手機。所以無法使用網路，又沒有其他人可以依靠的她離家出走後，應該只會去找「高木」了吧。

立井推斷，吉田真衣的確是去找了高木健介。

這與潮海晴第三作的敘述相同。兩人曾暫時同居過，但該追究的是在那之後她消失到了何方，以及這與高木有什麼關聯——

「真衣來到院所之前，曾經就讀過其他小學吧？」

立井先這麼問，待橋爪頷首後才繼續問道：

「前一所小學有沒有人認識她？比方有沒有教師擔憂她的現況一類。」

說不定高木健介是和吉田真衣一起失蹤，並逃到與吉田真衣有關的人身邊。

橋爪一副早就想過這樣可能性的態度否定了。

「沒有，似乎沒有老師關心真衣。」

「這樣子啊，我還以為鄉下學校的老師比較重情義。」

立井說出擅自認定的偏見，橋爪卻不可思議地稍稍歪了歪頭。

「鄉下？不，她轉學之前就讀的學校也在這附近喔。」

立井停止了呼吸。

離東京不遠的通勤者城鎮，即使稱不上大都會，也不算鄉下，人口超過一百萬的城鎮。

自己為什麼誤會吉田真衣就讀的是鄉下學校呢——

因為潮海晴的第二作《踏上通往無意義夜晚之旅》裡的敘述。

無法離開自家的「女主角」在主角帶領之下，首度目擊了自己就讀的小學。那是小學與中學共用校舍的學校。

立井不可思議表示是否真有這種學校，高木則表示「在學生人數少的鄉下一類，會有這種狀況」。所以立井自然抱持了「女主角」身處蕭條聚落的印象。

但不是這樣。

那麼吉田真衣究竟就讀什麼樣的學校——

立井僵住，橋爪目光稍稍游移。

雖然動作小到一個不注意就會忽略，但橋爪確實慌了一下，簡直像是察覺自己失言了那般。

立井很想繼續追問下去。

但如果強行逼問，對方很可能反而不願透露。

「是說，我想問個別的。」立井假裝沒發現，以平靜的聲音詢問。「真衣的母親是怎樣身故的？」

「在公寓外的樓梯摔死了。怎麼了嗎？」

橋爪應該是樂觀地認為這點問題無傷大雅，於是很乾脆地回答了。

但立井已經察覺了一切。

包括橋爪想要隱瞞什麼，以及高木對吉田真衣的母親做了什麼。

離開客廳，伊佐木在走廊等著。

「有什麼收穫嗎？」

立井聳了聳肩，告訴她沒有知道什麼，同時跟她說還想再拜託她一件事。

「能不能讓我見見簑島同學？」立井說道。「那個，如果可以，我想請他帶我去他弟弟就讀的學校看看。」

伊佐木一副無法理解的態度，只是茫然地反覆眨眼，接著聯絡了簑島。

立井想確認幾件事。

與簑島會合之後，立井問了兩、三個問題，讓自己的推測變成確信。

簑島並非對於立井為何想要他帶路，而是對於立井為何能夠知道，覺得很不可思議。

立井邊走在路上，邊說自己的思考過程。這並不是什麼太複雜的推理。簑島的弟弟就讀與他和伊佐木不同所中學，但以他的家境來看應該很難去考取中學。雖然大都市已經引進了選擇學校制度，讓學生可以自行選擇想就讀的學校前往就讀，但這座地方都市應該還是採用學區制度。學生將按照自家地址被分配就讀的中學，同一家的小孩要讀不同學校必須有相應理由。

所以他才挑明了問。

你弟弟是不是就讀與一般中學不同的學校，也就是——特殊教育學校。

在簑島帶領之下來到校門口後，立井不禁呼了口氣。

這所學校的模樣與潮海晴第二作中的描寫如出一轍。

無論是莊嚴的校門、放在小小校園內的輪胎玩具數量、嵌在校舍建築上的大時鐘，以及小學與中學——嚴格來說是小學班與中學班都在同一幢建築物裡。

這裡毫無疑問是吉田就讀過的學校。

是一所學生不多，小學生與中學生混在一起的學校。

立井靜靜望著校舍，一位學生從校舍裡出來，簑島低聲說那是他弟弟。弟弟從校舍衝出，在與簑島講了幾句話之後，彬彬有禮地對立井鞠躬致謝。

立井以不被另外兩人聽見的小聲音問他：「你知不知道一位名叫吉田真衣的學生？」

他微微點頭表示過去曾在名冊上看過這個名字。立井再次確認有沒有記錯，但簑島的弟弟沒有更改回應。

立井看著俐落回應的弟弟，完全看不出他身上究竟有什麼樣的障礙。

弟弟回去校舍後，簑島嘀咕道：

「不熟的人常會有這種態度，但障礙也有很多種。」

按照簑島所說，他弟弟有著輕度智能障礙。小學念到一半之前都是上一般學校，但受到霸凌，只好轉來就讀特殊教育學校。

表面上看來，簑島的弟弟是一個隨處可見的普通中學生。

「偶爾會被投以懷疑眼光。」簑島自嘲般地說道。「他們會說你弟弟是不是正常人假裝成身心障礙啊，因為猛一眼看不出來啊。」

立井問說是不是還被懷疑過違法請領障礙補助，簑島點了點頭。因為簑島家庭貧困的關係，所以一天到晚被懷疑。立井看著簑島一臉陰沉的模樣，不禁心痛。

「我還有一件事想請教一下。」立井小聲說著，避免被伊佐木聽見。「你該不會——解開手錶上的暗號了吧？」

簑島張著口僵住。

立井表示他不會責怪簑島，因為他認為簑島沒有惡意，而且任何人都有機會破解這條暗號。

但任何人都不應該去破解它。因為內容嚴重到要是走漏風聲，少女甚至會考慮離家出走的程度——

吉田真衣離家出走之際，持有這只手錶的是簑島，認為他是關鍵應該是合理推論吧。

簑島彷彿想對著不在眼前的某人致歉般垂下頭。

「我沒想到是那樣的內容。」

簑島只是某天偶然發現放在教室抽屜裡的手錶，並且想起那是吉田真衣總是佩戴的錶。他拿起來之後，發現背面刻上了暗號並將之破解，讀出了出乎意料的文句。他將手錶還給吉田真衣，並詢問了這條訊息的真假，但吉田卻臉色大變地主張「這不是我的手錶」並拒絕接受。

「我完全無法想像她竟然隔天就失蹤了……」

立井安慰簑島，他覺得對不起吉田或伊佐木是不對的，這都是吉田疏忽造成。

並且對離去的簑島致謝。

一直在一旁無事可做伊佐木詢問立井：「這也是在搜尋真衣嗎？」

立井給予肯定回覆後，故意嬉鬧地說「但還是什麼都搞不清楚」。

伊佐木輕輕笑著說「果然如此啊」，臉上帶著爽朗表情，不見失落之色。

立井凝視回去，心想她為何如此反應時，伊佐木問道：

「要不要趁這個機會停止追查高木先生呢。」

「嗯？妳不是想知道真衣同學現在的狀況嗎？」

立井歪頭。

伊佐木恰到好處地站到立井身旁。

「我還是覺得真衣一定跟高木先生過得很幸福。因為若有什麼狀況，她一定會回來吧？既然沒有，就表示真衣跟情人在一起，過著甚至把我忘了的快樂生活。」

看樣子在立井找橋爪和簑島問話的時候轉變心意了。

立井從口袋取出電話，假裝花了很多時間搜尋前往車站的路線，並思考該跟伊佐木說些什麼。

「是啊，或許她真的跟高木過得很好吧。」

立井說出樂觀推測，並鬧著玩似地笑著說：「讓橋爪女士操心了。」伊佐木露出爽朗的笑容說：「我會抓準時機矇混過去。」並且提議送立井去車站。

伊佐木也是擔心著吉田真衣的人物。前往車站途中，她不斷說著吉田真衣與自己有多麼要好，從第一次與她一起上學當天的蔚藍天空，到小學同班的喜悅，如數家珍。

這感覺有如說起高木的峰那樣。吉田或許跟高木一樣，有著吸引他人的魅力。

每次看到她的笑容，立井心中都會產生一股罪惡感。

他對伊佐木說了謊。

高木與吉田不是情侶——而是某種更深刻穩固的關係。

伊佐木似乎沒有發現，但高木與吉田有著相當程度的年齡差距。吉田真衣離家出走時是十二歲，高木健介是十九歲。儘管愛情與年齡無關，但這個年紀的七歲差距會讓彼此價值觀有太大落差，很難認為兩人之間有戀愛關係。

立井不知道高木健介和吉田真衣究竟是怎麼相遇的。

總之他們相遇了。如果採信第二作《踏上通往無意義夜晚之旅》中的描述，高木中學畢業，在提供住宿的愛情賓館打工期間與吉田真衣相遇。他發現沒有去上學，很無聊地從房子窗戶望著城鎮的吉田真衣，產生了與自身遭遇重疊的感覺，於是跟她搭了話。

高木應該馬上能察覺。

吉田真衣身上的問題——

「欸，伊佐木同學。」立井打斷話頭。「吉田同學說她生病了對吧？因為生病無法離開家裡。」

「是這樣沒錯……」伊佐木一副覺得不可思議地肯定。

伊佐木表示，吉田真衣來到院所之前罹患了重病。

病症——這個部分有太多可疑之處。

可能性有二。一是外行人不會知道的罕見病症，或者——裝病。

先以後者為基礎繼續想像。

健康的少女為何謊稱「自己有病」？

因為罹患了想要引起周遭同情的孟喬森症候群，抑或是——

「我再問一個，吉田同學一直跟妳就讀同一所學校對吧？」

「嗯，從真衣來到院所之後是這樣沒錯。」

吉田真衣曾經就讀過特殊教育學校。

但立井不認為吉田真衣有身心方面的障礙，因為在院所居住的期間，她和伊佐木志野上同一所學校。而且應該不是——因為判定為輕度障礙所以可以上一般學校。幾乎沒上學的她，在特殊教育學校應該會優先加強學習基礎。

說不定——

——吉田真衣的母親假裝自己的女兒有智能障礙。

只要領有障礙手冊，就可以申請身心障礙兒童補助。會不會是母親不讓吉田離開家中一步，持續欺瞞周遭，並且對當事人說她生病了呢？

母親犧牲吉田接受教育的權利獲取金錢。

這時候，高木健介出現在吉田真衣身邊。

——然後吉田真衣的母親死於意外。

摔死。是很難判斷為意外或他殺的死法。

「伊佐木同學，可以再讓我看一次手錶嗎？」

母親死後，吉田真衣收下了高木健介贈與的手錶。

立井重新確認手錶背面。

【22721＊41746 5＊2361259533】

要破解刻在上面的暗號其實很簡單，應該是高木為了讓吉田也能讀懂而將之單純化吧。

只需要把號碼分配給五十音表的橫排與縱列。比方「あ」是11，「い」是12，「う」是13，「か」是21，「き」是22。中間夾雜的「*」應該是濁音記號。

「你看得出這手錶上的暗號嗎？」伊佐木發出滿心期待的聲音。

立井猶豫了一會兒之後說了謊。

「──不，我無法破解，我想一定是高木送給真衣同學的情話吧。」

伊佐木露出雪白牙齒笑著說：「如果是這樣也太裝模作樣了。」接著又表示：「但也許真衣就喜歡這套，兩人要是能在一起就好了。」

立井什麼也沒說。

他所知道的──只有高木健介和吉田真衣之間強固的連結。

兩人不是戀愛關係，硬要說──是共犯關係。

立井實在不覺得他們能抓住什麼明亮的將來。

立井以潮海晴的第二作、第三作與目前聽取到的情報推測兩人的故事。

高木健介，十七歲──中學畢業後在鎮上工作的他，與吉田真衣命運性地邂逅。他們彼此聯繫，在吉田真衣的母親過世之後也持續交流，兩年之後開始同居。

吉田真衣雖然沒去上學，但接受了高木健介救濟。可是對十歲之前都沒有真正學習過的她而言，教室是非常嚴苛的環境吧。她需要心靈支柱，才能度過如坐針氈般的學校生活，所以隨身攜帶著恩人贈與的手錶，鼓勵著自己。

但她大意了。

手錶上的暗號內容被人破解，一想到如果伊佐木或院所職員知道這樣的內容，不知會作何聯想，她直覺認為自己只能失蹤。

這樣的行為實在太過輕率——但立井無法苛責她。

高木健介無法於吉田真衣在校期間陪伴身邊，所以他留下了訊息。把只屬於兩人的祕密轉化成她也能破解的簡單暗號，並且在那之中灌注了只有自己，才無論何時都會保護她的心意。

立井不明白——高木為何要冒著風險為她做這麼多。

是因為彼此理解？因為沒能上學的兩個人算是同類？

若要借用高木的說法，或者是靈魂產生了共鳴？

被世界遺忘的孤獨靈魂彼此相遇，而只有他們之間能夠感受、理解的感情產生共鳴——

立井看了看手錶。

刻在上面的暗號簡單明瞭。

【我將為了妳而殺】。

5章

高木健介是殺人魔——

立井回到東京時，原本半信半疑的殺人疑慮已經變成確信。高木不止殺了吉田真衣的母親，還殺了他的親生父親與榮田重道吧。

立井只能這樣推論了。

一開始他認為可能是監禁或綁架，因此他徹底尋找了與高木健介相關的人物。現在他不得不推翻這個想法了。

想像往壞的方面進展。

高木健介至今仍失蹤的理由佔據了立井腦海。

說不定——高木是因為還要殺人才繼續潛伏。

立井認為就算是高木，也無法持續躲開國家權力的追查。他為了爭取時間而利用立井，並鎖定了下一個目標——應該就是這麼回事吧。

但只要高木健介殺害了下一個目標，兩個人的生活便將告吹。

高木健介將遭到逮捕，立井也會因協助而被問罪。

立井必須阻止狀況發展到這一步，這是為了他自己，更是為了高木。

當然，若所有事情都只是立井杞人憂天就沒問題。

無論怎麼做，必須再次見到高木的現況仍不會改變。

調查無法進展。

直至目前為止，立井都像是順著潮海晴的小說情節那般追查高木的人生。若《鏽蝕雙翼的孩子們》描寫無戶籍兒童時代的孤獨、《踏上通往無意義夜晚之旅》描寫與吉田真衣相遇，那麼接下來該注意的，應該就是潮海晴的第三作《椿子》的內容了。

這部作品沒有像是故事主軸的內容，只是描寫了一位離家出走的少女與保護他的少年一起度過的四個月生活。從一開始到最後，他們都沒有離開住處，文章充滿難以宣洩的寂寥。讀著讀著就會讓人覺得很喪氣，並且赫然發現自己忘了呼吸。這就是潮海晴的精髓——封閉到令人絕望。

這應該也是以高木和吉田真衣的人生為樣本吧。

十九歲的高木健介與十二歲的吉田真衣同居。以小說家身分出道前的高木健介，與從兒童保護設施離家出走的吉田真衣，至少同處了四個月時間。

但在那一年之後，高木健介開始與立井潤貴同住。

這中間的一年空白充滿謎團──

立井推測，這邊或許有能夠找出高木健介的提示。

他與伊佐木道別之後，回到東京住處，重新調查室內，以冷靜的態度面對兩天沒回來的自家。與高木健介同住的這間電梯大樓房是兩房兩廳格局，對於幾乎沒有個人物品的高木健介而言，一個人住這裡確實會有空房。

──三年前他與吉田真衣一起住在這裡嗎？

否定。

──房租太貴了吧。

高木健介與吉田真衣開始同住時，他還沒出道成為小說家，應該沒有收入，當時他們租得是更便宜的房子吧。之後，高木出道成為小說家，收到小說版稅之後，才決定搬家。

他跟吉田真衣分居了嗎——？

如果她有租房子，房租是高木支付的嗎——？

立井翻開以高木健介名義申請的銀行帳戶存摺，發現一直以來每個月都有約四萬日圓左右的轉帳記錄，轉出對象是個人帳戶，而且是立井沒有印象的名字。每個月四萬日圓這筆數字讓立井曾想過是車貸或者養育費一類的，但這兩樣都與立井至今追查到的高木形象不甚符合。

除了這間電梯大樓房之外，高木果然還有租其他房子吧。

立井緊緊握拳，覺得又更接近高木一步——但立刻放開了手。

房裡沒有任何像是租賃契約的文件。

如果說高木健介另有祕密房間，立井也沒有方法可以找到。

他已經沒有可以繼續追查的線索了。

來到警察署後，與之前同樣的壯碩中年刑警及纖瘦的年輕刑警出來接待。此案似乎正以他倆為中心展開調查。

即使來第二次了，立井仍無法適應審訊室的氣氛。進房的一瞬間，甚至有種輕微暈眩的感覺，導致腳步踉蹌了一下。

「你累了嗎？」中年刑警笑著說。雖然講電話時的語氣客套，但實際見面時似乎不是如此，講起話來比前一次還裝熟。

中年刑警坐到立井對面，年輕刑警則在房間一角待命。立井重新觀察了中年刑警的臉孔，發現他的表情感覺柔和了些。原本得意地鄙視立井的態度已不復見，並且挺直身子，表現出打算好好聽立井說話的態度。

「高木健介，首先要跟你說的是，你的不在場證明獲得了證實。」

中年刑警一開口就先說了這個。

看樣子於警方推定的犯罪時間，「高木健介」人在池袋酒吧內用餐一事已獲得證實。同時也確認了包括在這之前與之後搭乘地下鐵的紀錄，以及更之前在大學圖書館開會的狀況。

立井露出笑容，心想當然是這樣。

並且暗暗地放下心來。

原來如此，因為實際犯罪的可能性已經消除，所以刑警才改變態度吧。

刑警先低下頭表示「抱歉，之前懷疑你」後，才接著說明：

「也就是說，這次溺死的屍體是因為意外而死，或者是有某人假冒了『高木健介』這個名字犯罪。」

看來下一步是這樣推測。

刑警首先問了立井有沒有得罪人，以及有沒有人可能假冒高木健介這個名字。

因為洗刷了犯罪嫌疑，讓立井心有餘力，每個問題他都沒有否認，只給出了感覺最合理的曖昧答案，彷彿沒有招惹過任何人那樣。

「那間房。」刑警突然說道。

口氣尖銳有如刀割。

「一個人住算很大吧，除你之外還有誰住在那裡嗎？」

這問題足以讓立井臉上裝出的笑容消失。

刑警的手臂擱到了桌上，拳頭就在立井眼前。

雖然不是嫌疑犯了，但似乎仍被懷疑與案情本身有關。

「我把工作與就寢的房間分開。」立井斬釘截鐵回答。

警方已經知道「高木健介」是一位小說家，立井說出收入與房租，並強調如果是自己毫無疑問住得起這間房。刑警同時問起兩支手機，立井則表示分別是私人用與工作用。而很湊巧的是高木除了與責編之外沒有其他聯絡對象，立井的手機裡面只有大學同學的聯絡方式，即使被拿去察看也說得過去。

「嗯哼。」刑警討厭地歪了歪嘴角。「那麼，安眠藥是自用嗎？」

出乎意料的發言讓立井反問：「安眠藥？」

「你在網路商店訂購了國外的安眠藥吧？」

高木連這種東西都有準備嗎？

立井只簡短回答說是拿來當作小說參考資料用。

他開始冒汗，嘴唇也變得乾燥，不禁輕輕咬了咬。彷彿想遮掩嘴角一般搔了搔鼻子，並回視有如正監視著自己一舉一動般窺探過來的刑警。

警方該不會——

刑警完全不為立井的目光動搖，持續追問：

「你的鄰居表示『在一名青年外出之後隔壁也有生活噪音傳來，我一直以為那一戶住了兩個人』。你怎麼看？」

立井說這是錯覺吧。實際上可能是警察在套話，因為他們家那棟建築並不會產生生活噪音並影響到鄰居。

原本立井想說應該只是剛好朋友來玩——但閉上了嘴。

如果隨意認同，警方接下來一定會逼問朋友的名字，這下就沒辦法回答了。

立井於是強調是鄰居錯覺。

刑警觀察立井的眼光冰冷，至少不是看待一般良善市民會有的眼神，所以立井完全不能回錯話。

「我說高木啊。」聲音低沉而鏗鏘有力。「你在包庇誰對吧？」

問題直接。

果然懷疑立井是共犯——

立井雖然努力不表現在臉上，但他不確定能不能瞞過刑警的法眼。他不禁在內心嘆息，刑警已經接近真相了。

「你有證據嗎？」只能盡全力虛張聲勢。

所謂慢慢凌遲就是指這種狀態吧。

刑警哼了一聲。

「沒有。但是看你的態度就知道了，尤其是看著受害者照片時的眼神。」

嘲笑一般的語氣讓立井身體發冷。

雖然他拚命想假裝沒事，但早就被看穿而顯得滑稽。

「只憑想像無法逮捕吧？」

這根本是垂死掙扎。

只能抓著這點反駁。

「那是當然。」刑警拍了拍膝蓋笑了。「如果搜索了你家，那又另當別論了。」

立井背部冒汗。

刑警表示，只要法官開出搜索票，警察就能隨意搜索民眾的住宅。

得意地如此說明的刑警把臉湊了過來，呼出滿是菸味的氣息。

「你要怎麼辦？這時候自白還是等我們去搜索你家？哪一個比較好？」

立井覺得自己雙腿快要沒力了。

兩個選項都是死路一條。

如果自白，就必須說出立井借用高木身分證的詐欺行為；但若自家遭到搜索，高木健介的個人物品就會被搜出。只要犯罪現場有留下一個高木健介的指紋就無法開脫了。

理性靜靜地告訴自己。

——背叛一個連說明都沒有就消失的殺人魔也無所謂吧。

——那個人救了自己的理由也可能不是基於善意，而是為了製造殺人時的不在場證明啊？

喉嚨乾燥。

好不容易吐出的聲音無比乾啞。

「我沒有包庇任何人。」

刑警稍稍睜開了眼，發出類似感嘆的聲音，並有些取笑般地說「真頑固呢」。

立井挺直背。

「搜查家中？好啊，可以拿來當寫書的題材。儘管憑著沒有根據的想像去做吧，如果什麼都沒有查到，恕我今後以非虛構作品將這段內容出版成書。」

「你真難搞。」

刑警用拇指搔了搔自己的下巴。

「如果你沒有涉及殺人，是不會判處太嚴重的刑罰。但如果你協助殺人犯逃亡又另當別論了，你有自覺嗎？」

「天知道？」

「不要逞強。哎，你好好想清楚。」

刑警每說一句話就提高了一點音量。

「犯人遲早會被捕，屆時犯人將需要人在一旁支持，如果連你都被捕了那該怎麼辦？還有逃亡中的犯人該怎麼生活？有逃亡資金嗎？一旦錢用完了，犯人就會再次犯罪，並因此加重罪狀或者又會為了殺害某人而潛伏。我說高木，你這樣做是幫助對方嗎？如果真的愛對方，不就該讓對方好好贖罪嗎？這些話有沒有打動你的心？還是你覺得這只是說得好聽而嘲笑呢？你說啊？」

刑警快嘴說完，重重一拳砸在桌上。

立井在雙腿灌注力量靜靜地捱住這些訴諸情感的話語。刑警所說的話有一部分精確地掌握到了真相，立井有股想要托出一切的衝動，但忍了下來。

刑警於是改變方法，開始說明受害者榮田重道的身家。述說的盡是些引人同情的內容，例如榮田重道過去雖然犯過錯但順利更生在餐飲店工作。雖然單身老家的父母仍健在，儘管薪水不多還是持續給父母孝親費。連腰都挺不直的年邁夫婦知道榮田重道死亡的消息後，似乎悲傷地哭泣了，並且直到現在都在等待警察捎來將犯人逮捕歸案的消息。

這種彷彿認為榮田重道是可憐受害者的說法讓立井渾身發熱，他知道自己動了氣。

「我說高木，你怎麼看？」刑警繼續說道。「你對榮田重道的父母有什麼感想？」

「這還用說。」立井反射性出口。「除了『活該』之外沒別的了。」

「啊？」

刑警彷彿說不出話般抽了一口氣。

「你認識榮田重道嗎？」

立井失言了。

他雖然急忙摀住嘴，但已經太遲了。立井曾對警察說過「不知道榮田重道是誰」，但剛剛這發言明顯表示跟榮田重道有關係。

刑警茫然看著立井，在後面的年輕刑警也從低頭看著的文件抬起臉回頭。

——糟糕了。

這樣他們就會更接近真相一步，自己涉及殺人的嫌疑就更重了。

「……你剛說的也太天差地遠，很可笑。把名字丟去網路搜尋就能查到榮田幹過的恐嚇案件，而我只是記住了這些。」

說出口的話就像潑出去的水。

立井露出自暴自棄般的笑容。

「就是因為找不到證據，所以只能仰賴自白了對吧？你們這種做法很困擾，冤罪不就是在這種先入為主的認定之下產生的嗎？」

話語空虛地迴盪。

刑警的聲音與方才咄咄逼人的感覺相反，顯得平靜。

「……高木健介，我能說的都說了。明天你再來這裡一趟。」

儘管立井主張沒什麼好說的了，但刑警並不接受。

刑警將手放在立井肩上，相當沉重。

「好好煩惱過後，再讓我聽聽你的答案。」

之後等筆錄做完，讓立井簽過名之後便放走了他。跟第一次審訊不同，對方沒有反覆詢問同樣的問題。

立井無力地回應後，離開警察署。

雖然感覺到背後傳來同情目光，但他一次也沒回頭。

每次被審訊都會露出一點馬腳——

立井邊自嘲邊回到家，雖然審訊問了很多，但時間上連一小時都還沒過去。

離開警察署後，吹了風的身體感覺陣陣寒冷，立井才察覺自己竟流了這麼多汗。

他在自動販賣機購買運動飲料，一口氣喝光。

並默默地認為自己應該撐不過下一次審訊。

或許負責刑警不是採用長時間控制並迫使立井自白就範的方針，而只是以刀刃般銳利的話語割傷他、讓他承受無法癒合的傷勢後釋放，簡直就是活活凌遲。如果是這樣，被糾纏好幾個小時問到煩躁可能還好一點。

『他那反應看來是對榮田重道懷恨在心，是受害者家族嗎？』『犯人是為了高木才殺害了榮田嗎？』『嗯，高木毫無疑問包庇了什麼人，只要證據確鑿，就準備搜索住家吧。』『好的。』『嗯，我看他那樣子應該快要自白了，只要下次親切一點，很快會淪陷。』

刑警之間這般對話的情景浮現於眼前。

他們沒有發現高木與立井交換了，但確實逐漸揭穿了兩人之間的關係。

再加上某種可能性嚴重擾亂了立井內心。

『又會為了殺害某人而潛伏。』

立井有與刑警相同的預感。

讓父親死於火海，讓吉田的母親摔死，讓榮田重道溺死的高木健人打算繼續殺人

——確實很有可能。

但該怎麼阻止他？自己明明連高木的下落都不知道。

無計可施——

與高木健介和吉田真衣有所交流的人全接觸過了。

目前沒有他們曾經住處的線索。

警察一步一步接近真相。

心情非常絕望，分身生活終於要走向終結。

回家後，立井坐在客廳桌子上。

閉上雙眼，至今與高木共同生活的點滴歷歷在目。立井打工完回家之後，可以聽

見高木房裡傳來敲鍵盤聲。在客廳看了一會兒書後高木現身，詢問他書本的內容。偶爾立井邀請高木去外面喝一杯，只見他帶著苦笑帶開話題。他說過自己不習慣愛喝酒的人之類意味深長的話，但沒有說明詳情。現在的立井大概可以猜出他爸爸應該是個酒鬼，但過去的立井並沒有深究，只是回頭繼續看書。而高木這時表示希望立井閱讀他的原稿，結果兩個人聊起小說中的描寫直到天亮——

這樣的光景浮現眼前又閃逝而去。

立井不禁嘀咕，為什麼？

這兩年不是過得不錯嗎？我雖然不懂你到底在想些什麼，但應該不全是壞事啊。

高木，為什麼，為什麼你——

即使反覆提出疑問，腦中浮現的卻是被榮田重道毀壞的自己一家。

•••

當時還是高中生的立井，曾茫然地想過人類的願望是什麼。

自己的願望是活得正正當當。

身為一個人的正當，身為高中生的正當，身為班上同學的正當——希望能在多不勝數的尺度之中做一個被認同的存在。即使這些正當有時很壓迫，強行要求他人會被白眼認為是跟不上時代也一樣。

有力量、可靠的男性；兼顧戀愛或社團活動的高中生；親切地支持煩惱中的同學——如果被人指示「要這樣」應該會想反抗吧，但人有時候無法逃離「想要這樣」的願望。立井雖然想在中學時的青春期經歷一段破天荒人生，但那也只是正確地想像出來的破天荒模樣罷了。

他不覺得羞恥。

每個人應該都抱有類似的願望，只是程度上有差別。

至少立井的家人是這樣。

父親為了扛起這個家而努力工作，母親做好家管。當社會風氣開始導向男人也要做家事時，父親儘管不擅長家事，也會幫忙洗衣服。立井不僅努力念書，偶爾也會去幫忙家業的外送工作。雖然不會每天說，但每個家人應該都愛著彼此，大家一起打造出正當的家族形象。

這並不是被人要求，所以不覺得辛苦，甚至很舒暢。

但因為榮田重道的關係，家族形式開始變化。承受執拗威脅的父親收掉長期以來經營的外送店時，家族的正當形象開始崩解了。

父親沒辦法很快找到下一份工作。

立井並不知道他都去找了些什麼工作，但每天晚上縮著身子喝酒的父親似乎很盡力求職了。只是個高中生的立井無法想像只有自己開過店的五十多歲男人，在就業市場上究竟是被人怎樣看待。

父母都為了不讓立井擔心而佯裝開朗，但立井知道他們偶爾會鐵青著一張臉看著銀行存摺。

他不得不說。

即使這麼做與他心中理想的兒子形象有落差。

某天晚上，立井對一臉煩躁地看著電視的父親說道：

「我不上大學了，畢竟不是很想讀書。」

這是謊話。雖然立井還沒想好要就讀什麼系所，但希望自己能在大學專攻一門學問，並能因此自豪。

父親開朗地笑了。

「你不用擔心錢的問題，好好去念書吧。」

並堅強地如是說。

結果立井還是依賴了父母、相信父母，並為了回應父母的期望而努力學習——扮演著正當的兒子形象，沒有發現這麼做是強迫父親做到同樣的正當。

立井在偶然進入房間時，發現父親的新事業是什麼。

「輕鬆簡單，誰都可以成為大師的網路投資講座」。

以此為號召的資料放在桌上。

父親不是參加講座——而是擔任講師。

稍微翻閱了一下資料，立井馬上理解那是怎樣的工作。

父親謊稱自己是東大經濟系畢業，並開設了以家庭主婦為客群的投資講座，以免費指導為名目，讓肥羊做出等於賭博的投資。若投資成功便會收取講座費，失敗就讓對方購買教材。

這是高中生也能理解的下流生意，跟詐騙沒兩樣。

理智上能理解。

他想當一個正確的父親，想完成扛起整個家的使命。

——如果假裝沒看到，還可以保住這個家。

自己扮演理想的兒子，父母也可以完成各自的任務。只要閉上雙眼，離開父親的房間便可。

但是，立井腦中有著一位恐嚇他人的男子存在。

從弱者手中榨取金錢的下三濫聲音。

所以立井——以汙辱蔑視的話語咒罵回到家的父親並揍倒了他。

立井潤貴親手毀了這個家。

在劇烈爭吵過後，父親選擇了失蹤。父親直到最後都不肯修正這是為了家人無可奈何的主張，立井於是抛出否定其人格的話語。

母親常常逼問他，難道沒有其他說法嗎？

他也承認或許有，但沒辦法。

憑立井匱乏的語言能力和不成熟的精神，只有咒罵父親一頓的選項。他知道父親也有父親的理由，仍無法阻止話語衝口而出。

事後滿滿的後悔。
與高木相遇後的自己就有辦法說出口。
可以不用當一個出色的父親。
就算我們變成與一般有點不一樣的家庭也沒關係。
如果是現在，應該可以傳達得更好——

・・・

立井對元兇榮田重道的恨沒有消失過。
當榮田因恐嚇嫌疑遭到逮捕時，據說是市公所的外包雇員。就立井調查的結果，外包雇員的薪水幾乎等於最低基本工資。
雖然他絕對稱不上過得好，但也不能因為這樣就恐嚇他人。
他的死讓立井懷抱邪惡的喜悅情緒。
但佔據他內心大部分的，卻是在那之上的憤怒。
儘管榮田重道可恨，但——立井仍不希望高木健介殺了他。

假設選擇權在立井手中，他應該會提議兩人繼續過著分身生活吧。

對現在的立井來說，維持現有生活比報仇更重要。

向高木勸說著，開朗地說「就讓我們繼續這樣的生活吧」。

他想繼續當高木的分身。

但是為什麼——

立井無止盡地反覆疑問，突然覺得餓了起來。仔細想想，從早上到現在完全沒有吃東西。打開冰箱，裡面塞滿了蔬菜汁與冷凍食品，全部是高木購買的。

立井在心中對高木致歉，拿出了冷凍義大利麵，拆開塑膠外包裝，發現附在裡面的說明書。這是超市買不到的訂購商品，得花上一些功夫調理後才能食用。立井閱讀過說明之後，發現開頭記載了來自銷售者的謝意，向透過網路購買的消費者致謝。

網路——立井突然在意起這個詞。

並回想起峰所說過的話。

『手上擁有最多追查高木線索的人不就是你嗎？』

立井叫出聲。

為什麼至今都沒有想到這麼單純的事。

他因自身愚蠢無比悔恨。

接著把義大利麵又丟回冷凍庫，前往高木的房間。

高木健介是個依賴網路維持生活的人。

書本只會購買電子書，吃喝也都是在網路上下訂。

他訂購的東西真的只會送到這裡來嗎——

立井透過高木的電腦找到他常用的購物網站，幸好高木在這個網站上維持著登入的狀態，不必輸入密碼。接著他調查了高木在網站上登記的收貨地址。

果然有高木租賃的另一間房的資料。

那裡離立井居住的新宿不算太遠。

是在新宿站與新大久保站之間的一棟兩層樓小公寓，即使恭維也算不上乾淨。可能因為接近鬧區，空氣有些混濁，不管多麼窮困的學生應該都不會想要住在這裡吧。

立井將騎過來的腳踏車停在公寓前，先確認了一下房間位置。

時間已經來到傍晚，從外側樓梯上來二樓，前方建築物遮住了陽光，讓房間前面變得更加陰暗。

立井的目標是二樓最後面的那間房。按下門鈴沒有回應，仔細聆聽也聽不見任何聲音。

途中立井感覺到人的氣息而回頭，但沒有任何人。錯覺嗎？或許因為緊張而太敏感了。

立井回到建築物入口，發現與丟垃圾相關的公告單，右下角有物業管理公司的電話。他以高木健介名義打電話過去，對方請他過去走路五分鐘可達的辦公室。立井在對方指定的辦公大樓某一戶內遞出高木健介的身分證，對方於是給了他備份鑰匙。

回到房前，心臟以未曾有的速度猛跳。

高木健介說不定潛伏在此，或者吉田真衣可能在這裡生活。

他先在褲子上抹去掌心的手汗，才旋開門鎖。

推動門。

一股爛熟般的氣味首先撲鼻而來，感覺像是混雜了布料與發霉的氣味。廣告傳單和信封散了玄關一地，看樣子是從門上的信箱滿出來。

這個房間現在似乎沒有住人。

立井找到沒有封口的信封，拿起來一看發現上面沒有郵戳，應該是直接送過來的。取出裡面的宣紙，上頭只有以粗暴字跡寫下的「還錢來」字樣，看起來不像金融機關發出的通知。立井覺得這筆跡好像在哪裡看過，卻沒辦法具體想起來。

往裡面走去，來到一間約三坪大的和室，裡面放了兩個紙箱。立井先開了窗之後才開始調查房內，裡面的家具只有桌腳可以折疊的矮桌一張，與一個小型單門冰箱。冰箱裡面沒有東西，甚至沒有接上電源。

接著打開櫥櫃，裡面收納了寢具，有兩組棉被。

和室角落有小小的廚房空間，與其說這裡是「廚房」，更像是「擺了爐具和流理台的地方」。立井接著摸索廚房腳下附近的收納空間，找出兩雙筷子、兩支叉子與兩個碗。

不會錯，高木健介與吉田真衣曾經住在這裡——

高木健介收容了離開院所的吉田真衣，在這個破爛的房間同居。之後收入增加，行有餘力時才搬去了電梯大樓新家。

看樣子高木把這裡當儲藏室持續租用。

應該是為了藏匿這兩個紙箱——

紙箱大概是邊長一公尺大的正方體，雖然偏大，但並不是立井與高木居住的電梯大樓房無法收納的尺寸。之所以特地租了個房間保管，一定為了避免被立井發現吧。

雖然高木這樣明顯地隱瞞讓立井有些受傷，但現在也不是抱怨的時候了。

立井打開紙箱。

第一個紙箱裡面裝著衣服。攤開紙箱之後首先看到一件白色針織衫，接著陸續翻出女性洋裝，應該是吉田真衣的衣服吧。

第二個紙箱裡面裝了許多雜物。立井首先取出放在紙箱角落的筆記本，攤開之後裡面寫了許多可愛少女般的圓圓字體，或許是吉田真衣的字跡。另外還有小學生的參考書，高木應該有持續讓離家出走的吉田真衣學習。

立井心想其他書本該不會也是參考書籍而拿起來看，就發現一疊用釘書針固定的文件。

這疊文件封面印有「輕輕鬆鬆月入五萬日圓！新手也能做到的小額投資」字樣。

立井瞬間覺得乾渴。

「這是……」

這是立井過去曾看過，父親開設的投資講座。

是在收掉外送店之後，開始做些可疑生意的父親房間裡發現的玩意。

為什麼這些文件跟吉田真衣的個人物品一起保管呢？

吉田真衣或者是高木健介參加了父親的投資講座嗎？

立井把紙箱倒過來倒出裡面的東西，並尋找有沒有其他線索。但除此之外的東西幾乎都是吉田真衣使用過的文具或飾品，沒有發現什麼有力線索。

正當立井想說應該沒機會找出其他情報時。

一個暗暗發光的東西夾在書本之間。

是一支ＵＳＢ隨身碟。

立井將之放進口袋，並且心想若這裡面空無一物，那真的就玩完了。

他甚至沒空把紙箱恢復原狀，便直接衝出房間。

立井猛踩腳踏車衝回住處後，在電腦上開啟ＵＳＢ隨身碟，裡面有四個檔案。

三個影片檔，以及一個文字檔案。

文字檔案的檔名是——「《椿子》原案」。

立井沒看過這篇文章，高木只讓他讀過原稿，這是他第一次看到原始發想階段的文字。

再配上影片檔案，是嗎。

影片裡究竟拍了些什麼呢——

立井決定回頭再閱讀文字，先點開了影片。

戴上耳機，播放第一段影片檔。

影像並不清晰，似乎是用手機拍攝的。畫面一直晃動，光線昏暗。地點是在室內，鋪有榻榻米的房間，垃圾到處亂丟。拍攝者走在髒亂的房內，不斷嘀咕著不滿。

鏡頭拍了好幾分鐘髒亂的房間，但畫面角落好像有拍到些什麼。拍攝者把鏡頭放在比地板高一層的位置，朝著對象固定。

畫面中央出現一位少女，眼神空虛地看著鏡頭，身上穿著小花睡衣。年紀很小，應該是不到小學中年級的女生。

立井有股不祥的預感。

拍攝者似乎很滿意鏡頭角度，於是放開了鏡頭，至此拍攝者終於出現在畫面之中。是一個上半身穿著T恤，下半身一絲不掛，裸露性器的男子。

不可以再看下去——

立井停止播放影片並開始覺得想吐，只好深呼吸想辦法平靜下來。

接著下定決心，用快轉方式跳著確認影片。他實在無法直視這段影片，即使把聲音關掉，也好幾次差點嘔吐。

三段影片都是一樣的東西。

成人男性與少女性交的影片約有三十分鐘長。

立井很想——把他們具體做了些什麼的記憶消除。

打從心底產生的厭惡噴發。

拳頭在想要怒吼的激情驅策之下重重打在桌上。

可是，這些影片給了立井很重要的情報。

「是榮田重道與吉田真衣……」

影片內的男子毫無疑問是榮田重道。

少女肯定是吉田真衣吧，臉孔比伊佐木的照片看起來更加稚嫩，應該是她被兒童保護設施收留前所拍的影片。

榮田重道與吉田真衣有關聯。

奇怪。當時她應該過著無法離開家中的生活，難道榮田重道是吉田真衣母親的男友嗎？

立井忍住逐漸消沉的心情，以快轉播放影片。他根本沒心情觀看行為本身，專心留意榮田重道途中有沒有透露出什麼訊息。

吉田真衣始終不發一語，像個壞掉的娃娃一樣躺在墊被上。只有在榮田重道做完一輪滿足之後，嘴角才稍稍動了。

立井倒帶回到她動嘴的部分，加大音量。

『錢……』

這是立井第一次聽見吉田真衣的聲音。

重重地撼動了他的心。

聽到她虛弱的低語，眼淚從立井的眼中滾出。

一直囂張跋扈的榮田突然慌了起來，看來是積欠了該給吉田真衣的錢，只見他一直拜託吉田真衣，說已經有眉目可以付清，請媽媽不要打電話到職場。看樣子這些欠款讓榮田相當疲於奔命，他好幾次拜託吉田真衣傳話，甚至約吉田真衣一起去吃飯以便討好她。

吉田真衣的母親讓女兒賣身——榮田重道則是客人——

存在USB隨身碟內的影片是直指這項事實的證據。

高木知道這點之後才殺了她的母親嗎？而在過了五年之後的現在，葬送了出獄後的榮田重道性命嗎？

但這樣沒能完全化解立井的疑問。

為何高木健介如此拘泥吉田真衣？

這些人的行為確實很醜陋，他們虐待了吉田真衣。吉田真衣的母親甚至謊稱女兒有智能障礙，不讓她去上學。

但是——為什麼高木健介非得犯下重罪不可？

影片中穿好衣服的榮田，最後像是想起什麼般拿起攝影機。畫面劇烈搖晃之後，拍到了整個房間，接著是榮田重道醜陋臉孔的特寫之後，影片結束。

立井瞬間好像看到某個看過的東西，於是倒帶回去。

鏡頭拍到整個房間時，可以看到窗戶。立井在這裡按下暫停，看到了從兩人所在房內窗戶可看見的窗外景色，正面有一座很有特色的三角形紅色屋頂。

好像在哪裡看過這屋頂的立井搜尋記憶，他應該就在這幾天之內看過它。

——是高木健介度過童年時光的家前面。

想到這裡，立井覺得血氣盡失。

為什麼吉田真衣在高木健介曾居住過的家中賣身？

感情跟不上結論，立井只能強行以理性驅策身體行動，拿出電話撥打。沒接通。接著打去對方職場。雖然覺得這麼做缺乏常識，但這是他無論如何都想立刻確認的事情。

電話接通，立井說明來意之後，轉接給了當事人接聽。

「峰先生……」立井如是說道。

峰在電話另一頭表露不滿。他現在似乎很忙，要立井長話短說。

「請告訴我高木原本姓什麼。」

立井接著強調：

「高木健介在認識峰先生之後才被高木哲也收養……他在與您相遇時應該不姓高木才對。」

峰沒能立刻想起，只聽他低語著「原本姓什麼呢」。

忍耐不住的立井說道：

「——該不會是吉田吧？」

並打從心底希望峰否定。

希望峰不悅地罵他一頓說「到底在胡扯什麼」。

峰輕快地回答：

『啊啊，對喔，跟我相遇時他叫吉田健介。』

這個答案串起了所有謎題。

第一次殺了親生父親，第二次殺了吉田真衣的母親，第三次殺了榮田重道。然後——高木健介接下來即將執行的殺人行為也集約在一個答案上。

是妹妹——高木健介為了世界上唯一的妹妹成了殺人魔。

立井抹掉流個不停的淚水，讀完最後留下的文字檔之後，邊哭著邊奔了出去。

朝向應為高木去向的場所，拚命地。

在「《椿子》原案」之中，與高木健介的痛楚一起——寫下了最後一個標的。

歪七扭八的字體排列在筆記本上。

她一臉嚴肅地努力練習寫字，抄寫我寫下的文字是她每天的課題。最近若我問她看到了些什麼，她會先思考之後才回答水龍頭。應該是直接回答了現在正好看到的東西。

「水管」、「流出」——我把這兩個詞彙寫在白紙上。

她同樣舞著原子筆，在寫「流」這個字的時候苦戰了好幾次，沒辦法抓好左右兩邊的平均大小，歪七扭八的字跡像是扣歪了的鈕釦。

她的低吟聲迴盪在三坪大的單間房內。

平穩的時光流逝。

夕陽光輝射入，房內染成一片橘，讓她的雙眸閃閃發光。我和她的小小王國即將迎接夜晚，天色一旦轉暗，我就必須出門。

她整個人趴在桌上表示想休息了。

我點點頭，摸摸她的頭鼓勵她，並表示最後再寫一個詞。該寫什麼好呢？選一個符合現在的她的美麗詞語吧。

她沒有等待正在煩惱的我，逕自開始書寫。

然後得意地拿筆記本給我看，強調自己寫了兩個詞。

「吉田健介」與「吉田真衣」。

看著這歪七扭八的字跡，我想起了過往。

・・・

她或許不記得了吧。我們曾經度過一段沒有名字的時間。

當時的我沒有像樣的意志。

窩在狹小的房間內。有飯就吃、排泄、感覺飢餓、睡覺。順從古典制約活著，簡直像是牢籠裡的老鼠。

所知的世界很有限。

夾住吐司包裝的藍色夾子、發霉的內衣、皺巴巴的外送披薩傳單、被咬爛的寶特瓶蓋、油膩膩的超商塑膠托盤、撕破的紙袋、折疊報紙做成的，算不上藝術品的某種東西。

從懂事以來，我一直待在滿是垃圾的風景之中，唯一的工作就是找事情做，以忽略肚子餓的事實。不知不覺之中，撕碎母親撿來的報紙轉移注意力成為我的習慣，可以暫時忘記飢餓。母親似乎誤以為我喜歡玩報紙，實際上她無法想像我正強忍著想要吃下報紙的衝動吧。

母親偶爾會給我泡麵吃，我會隔著包裝捏碎麵餅之後把碎屑倒進口中，並且用手指沾調味粉包舔著吃。我不知道泡麵還有什麼不同吃法。

偶爾可以享用的大餐是奶粉，我總是很珍惜地享用。將之摻水揉成丸子後品嚐，會有甜甜的味道。

這般無上的幸福也會在瞬間消失。

飢餓的感覺永無止盡，母親不怎麼回家。她兩天、或者三天回家一次，留下一點點食物與報紙後再次消失。我總是將她隨意留下的吐司或泡麵分成好幾份，配著令人焦躁的飢餓感，撐到母親下一次回家的那一天。

沒有食物的日子只能啃咬寶特瓶蓋。

到了傍晚，窗外傳來笑聲。是揹著略大的兒童書包彼此笑鬧著，個子跟我差不多高的小孩們。

他們一定是特別的存在吧——

我也不懂得要羨慕他們，只用手指捏了捏空蕩蕩的肚子。

母親有時候會命令我「收拾環境」。

隨著我的身體成長，她變得會吼我，認為滿是垃圾的環境是我造成的而毆打我的頭，說我整天在家卻不事生產。

我道歉。對不起，我不事生產。接著把放在棉被上的面紙和紙袋撥到一旁，然後又被打頭。我只能再次道歉，接著重複錯誤。

母親沒有發現。

不知道整潔為何物的人無法收拾環境。

我的眼界總是滿滿的垃圾。

因為我從未踏出過這充滿腐臭的房間。

母親命令我打掃環境的日子總是會帶男人回來。

大半夜跟著帶有噁心氣味的男人一起回來，而我總是在被窩裡面裝睡。這是在我再也躲不進櫥櫃之後養成的習慣。無論發生什麼事我都不會睜開眼睛，動也不動，假裝自己是個死人。

無論他們在隔壁做什麼我都毫無反應，化身成一道牆壁，甚至不被允許產生好奇之心。

母親與男人也都不在意我。

他們果然無法想像。

我為了轉移對空腹的注意而在白天睡覺。

晚上則因為強烈的飢餓感而無法入睡。

只能咬著毛毯等待黎明。

告訴自己，摀上耳朵便什麼也聽不見。

兩人的聲音停止後，母親會溫柔地撫摸我，低聲說「忍耐一段時間就好」。

唯有那手掌的溫度確實很舒服。

我察覺到這些痛苦永遠不會結束。

母親——正在躲避某個男人。

當我看著電視裡的世界時，母親摩娑了大腿的瘀傷露出悲傷表情，告訴我正在逃避「丈夫」這般存在。

母親摸著我的頭祈禱。

希望明天不要比今天更不幸。

她說了好幾次，簡直像是認為乞求便能實現那般。

半夜醒來，發現母親倒臥著。

我四天不曾見過她。從她的包包找出夾心麵包啃著，沒辦法思考到其他的事。我持續嚥下麵包，填飽了肚子後總算找回冷靜，觀察母親。

房裡的電燈開著，母親躺在被窩上，臉上妝容糊成一團，尤其以眼睛周圍的眼妝最嚴重。

我想像得到，幸福不會造訪。

她抱著肚子蜷縮。

我忽然有點介意伸手觸摸，那裡火熱得有如正在燃燒。

妹妹在系統式衛浴的浴缸裡誕生了。

我做好母親交付我的工作，弄一些與人類體溫差不多的溫水清洗妹妹。我用很輕柔的動作碰她，她卻以強勁的力道推開我，讓我有點無法掌握力道。

她總是大聲哭鬧，發出那小小身體無法想像的巨大聲量。

我拜託她安靜點。

我們不可以發出聲音，因為這是母親定下的規矩。如果違規，就會被她用手帕塞住嘴，這樣雖然會噁心想吐，但也無法發出聲音。

但她持續哭泣，我反射性開始尋找手帕，伸手拿取橘色布塊，並看了看小小的她。

她會窒息嗎？這樣太過分了吧——隨後改變想法。

不，這樣或許也好——

我抬起臉，環顧這可以從垃圾縫隙間看到發霉榻榻米的家。

我不認為小小的她能在這個世界獲得幸福。

想必會連名字都沒有。

沒有名字的動物命運早已注定。無法去醫院、無法上學、無法離開家中一步，只能在這腐爛的房內與飢餓搏鬥著生存下去。被別人發現的時候要說自己是親戚，只能隔著窗戶看著外面的小孩們。

我知道。

無論對母親、對我、對她，都不會有好的將來，只會一起享受不幸。

我把手中的手帕貼近她的嘴角，等沒看著她時再跟媽媽說是妹妹擅自吞下手帕就好。

就在我打算堵住她的嘴時。

她以小小的嘴含住我的手指。

她的溫度和沒有牙齒的口內傳來的鼓動，撼動了我的內心。

這時的感動難以言喻。

——小小的、虛幻的，美麗魂魄。

我強烈地領悟。

我慌了，看著她清澄的眼眸嘆息。

那清澈的目光讓我看到出神。

我只能恍惚地一直看著她。

彷彿燈火突然在黑暗中點亮。

彷彿花朵一舉在枯萎的山林中綻放。

彷彿青空悄悄在灰濛濛的天空中露臉。

我第一次知道，即使在這只有垃圾的世界裡，仍有美麗的靈魂。

我被必須保護她的強烈衝動驅策。

她需要名字。

不可以汙染這潔淨的靈魂。

一個月後，我們獲得了名字。

名字——當時的我並不知道這是所謂的戶籍。

⋮

「怎麼了？」

她對我說。

因為我沉默太久，所以似乎讓她擔心了。我摸著寫在筆記本上的名字，沉浸在回憶之中。

「沒什麼。」

或許是累了吧，難得的休假也拿來陪她學習。

之後要好好睡覺。

她大大伸了個懶腰，看來練習寫字對她來講負擔不小，只見她嘀咕了幾句抱怨並開始準備晚餐。我想起今天輪到她準備，並直直地看著她的背影。

十二歲的妹妹在那兒。

我們在一棟兩層樓的公寓裡。

我們住在二樓，是一間三坪大的和室套房，附系統式衛浴、櫥櫃、熱水壺，但沒地方放洗衣機。雖然有暖氣，但不知為何出風口被塞住了，滿是怪味。在做飯的時候打開抽風機，油煙滿佈房內。

這裡距離車站徒步十五分，離鐵軌徒步五秒。每當電車經過，窗戶便喀啦喀啦搖晃，震動甚至影響水管出水。

即使如此，這裡和我們過去居住的那個世界仍然不同。房間收拾得很乾淨，而且妹妹的表情很平穩。

屬於我們的小王國。

我逃出了那塞滿垃圾的房間，並與從設施離家出走的她共同建立這座王國。我們的生活已經跟當時不同了。

應是如此。

理智上明白。

「你到底怎麼了？一直發呆。」

她回過頭，右手拿著一包雞肉，左手拿著白菜。

「沒什麼。」我支吾其詞。「我只是有點不安，我們真的擺脫那裡了嗎？我有種好像還被囚禁在那裡面的感覺。」

她眨了眨眼，笑著說我又在說些莫名其妙的事，並快樂地哼著歌繼續做菜。

我看著正在切菜的她。

到了晚上，我出外打工。

地點是新宿東口的一家小居酒屋，一杯啤酒要價兩百五十日圓。

是連勞動合約都沒有簽署的黑工。

我常被兇暴的店長毆打，只要同事犯錯就會因連坐法挨揍。被揍肩膀、踹大腿、拿熱騰騰的平底鍋到臉前說些威脅般的話語乃是家常便飯。

我無法反抗的理由只有一個——店長是我租賃那間公寓的保證人。

未成年沒有成人協助無法租賃房子。

無論勞動環境多麼糟糕、薪水遠遠不到最低工資，我都只能默默地做。

要是反抗他，屬於我倆的王國將會崩解。

每天努力工作到身體快散了，在快要黎明的時間返家，意識朦朧地倒在她身邊，像死掉那樣縮著身子。

疲憊不堪的身體需要充分休息，但我以理性抗拒，將起床時間刻畫在腦中。即使因此折壽也無所謂。

無論多麼嚴苛，我都沒時間休息。

我開始寫小說。

無論說得多好聽，我的行為都是「綁架」，別無其他。如果被警察或兒童福利單位發現，我就會與她分開吧。

我不認為對這個世界有著致命性認知偏差的她，能夠在原本的社會生存下去。

這樣的生活過得如履薄冰。

我們開始兩人生活後，過了三個月的某一天。

她身體不舒服。

我沒辦法帶她去醫院。

周遭會怎樣看待一個沒有保險卡，也沒有監護人的求醫少女呢？

我只能陪伴在痛苦地咳嗽著的她身邊。

我什麼也做不了，真是差勁透頂的哥哥。

我們無法依賴警察與醫院。

真的是一座獨立王國。

她表面上雖然裝得開朗，但似乎也察覺了生活狀況不太妙。我發現我的手機裡面有她偷偷搜尋可疑網站的紀錄，全都是些跟賺錢有關的情報網站或講座。

面對這麼壓迫的生活，怎麼可能不緊張呢？

所以我繼續寫小說。

無論多麼想睡，都會在中午前起床，準備好兩人份午餐後，打開手機的免費APP記事本軟體，輸入文字。花三個小時重新讀過當天寫好的小說，並且把原稿上傳到網路上。

在與她共同生活之中，有時會讓我錯覺自己仍身處那間垃圾窩裡。心靈被囚禁，無法逃避的詛咒像是沾染在身體上的臭味那樣。

所以我才必須與她一同向前，踏出我們打造的這座王國。

・・・

在她四歲的時候，我與她分開了。

因為無可奈何的悲劇。

母親覺得身處父親身故火災現場的我非常詭異，把我當成不存在的小孩看待。我被親戚收養，得到了「高木健介」這個名字，她則以父親死亡為契機而能以「吉田」自稱。

我們在六年後再會。

當時我十七歲，她十歲。

我無時無刻掛念著她，但我不能接近她。我的存在會給母親添麻煩，母親厭惡我，精神也不安定。把我交給親戚收養的時候，甚至無法繼續工作。

即使如此，我仍去見了她。我謊報自己的年齡在旅館工作的時候，同事跟我炫耀妹妹，害我無法壓抑自己的思念之情。我沒打算表明身分，也不打算跟她說話。我選了平日中午避免被母親發現，並且只要能遠遠看著她的起居狀況就夠了。

但是那一天——我與站在窗邊的她對上了眼。

臉上帶著彷彿失去光明一般的空虛表情。

與過去的自己一樣的眼神。

我知道她沒有上學。

母親葬禮的那天，她哭了。

我事先告訴她我的決定，且沒有後悔。我沒有其他方法，或者我只是這樣說服自己。

她緊緊抱著母親的照片嚎啕大哭。

一些與母親有著同樣氣味的人來參加了葬禮。所有人都表示哀悼，並且說了些安慰她的話。我直到現在才知道原來母親也有朋友。

我佇立在退出葬禮會場一步的位置。

默默地雙手合十祭拜過世的母親。

・・・

我在與她一同抵達的王國強烈地祈願。

不要有任何人發現我們——

希望有人能救我們。如果這樣太奢侈，那麼希望有人同情我們。因為我早就捨棄會反抗憐憫的自尊心了。

我與只會祈禱的母親不同。我有自覺。我像是要逃避這些一般寫著小說。被店長打。想要壓制鬧事的客人時被指甲摳傷。忍下了想揍回去的衝動。領著低廉的月薪。開始覺得暈眩。因此被她擔心。我安慰著擔心錢不夠用的她。讓她專心學習。瘦得臉頰凹陷。抱著她的肩。寫著小說。盡可能多寫一行。電暖爐壞了。祈禱。告訴自己跟母親不一樣。即使如此仍無法不祈禱。

握著手機。沒有這個就活不下去。我身上的衣服是便宜品牌商品。鞋子雖然舊，但沒有開口。頭髮剪得短短的。

不可能有人察覺我們的困境。

混合、溶解，看不見我們的存在。

然而，仍希望有人發現——請不要忘記我們——

在內心挫敗的日子祈禱，然後抓著渺茫的希望。

來人，救救我們吧——

「我們去看電影吧。」

她拿著傳單過來，是在附近的市民館舉辦的免費老電影上映會。我拒絕了，因為沒有餘力。但她吵著要去，我們於是在擺放折疊椅的會議室裡欣賞那部電影。

那不是一部喜劇，我大意地以為她會想看，應該就是喜劇或愛情片一類。但那是一部描述貧窮家庭生活的電影。

等我回神，發現自己哭了。

「我曾經在電視上看過一次這部電影。」

播放完畢後，她才道出找我來看電影的緣由。

在她無法上小學的那段時間，母親有時候會允許她看電視。

「我覺得這是我的故事，它讓我知道原來有跟我類似的小孩存在。而其他人也能知道這些，給我一種好像發生在自己身上一樣開心的感覺。因為知道有人看到，心裡一瞬間有種獲得救贖的感覺。」

她靜靜地凝視著我。

「健介哥應該寫得出這種故事吧？」

我彷佛接受天啟，或許正是如此。

我知道在那個滿是垃圾的房裡度過的地獄般生活。

希望他人能夠發現自己以及這剛誕生的小生命而嘆息的日子。

不是為了賺錢，而是無比嚮往到想要追求。

如果這樣的故事，能夠拯救像我們這種被世界遺忘的孩子們內心，該會有多好呢

——

我們的王國面臨極限。

咒罵偶爾從門外傳來，關掉電燈的房間一片漆黑，令人不安。她屏著氣息緊緊抓住我的背，一直對我抱歉。沒問題，我還可以說些話安慰她。

過了某個時間點，我們的生活墜入地獄。

簡直像回到年幼生活的那間公寓一般。

必須逃脫。

我必須寫，無論現況多麼嚴苛都無關。

我要寫出能帶她來到外面世界的故事。

消耗自己，邊哭邊寫。

右手手指因為寒冷而凍僵的時候，請她溫暖我的手，並改用左手書寫。

她在我身邊窺探著閱讀，偶爾邊查找著漢字邊扭著臉朝我露出笑容。

在空氣彷彿也要結凍的寒冷冬天，我即將出道。

同時——我失去了寶貴事物。

王國失去了女王。

女王在我帶走她的靈魂之前消失了。

我遠遠地看著封鎖現場的藍色塑膠布。聚集在車站月台圍觀的人群拿起了手機拍下慘狀，響個不停的快門聽起來像是掌聲。他們拍完之後離去，像是這樣的慘劇沒發生過一般回歸日常生活，忘卻一切。

我回家之後，整整哭了三個晚上。哭乾眼淚才總算能活動。

我翻閱筆記本。

第一頁並列著我和她的名字，是因為她給我的感動而獲得的寶物，讓被世界遺忘的我們昇華為人類的記號。

「吉田健介」與「吉田真衣」。

我輕輕用手指撫過這些文字。

我不會讓他們忘記。如果世界要忽視妳，就讓我將妳刻畫在世界上吧。

讓他們鮮明地想起。

當我成為我的那一天。
以及我所選擇的所有手段。

6章

立井喘著氣奔跑。

儘管肺難受得快要炸開，立井仍沒停下腳步。只要慢上一分、一秒，高木健介可能就會消失在無法挽回的場所。焦躁驅策他的身體。

腦海中只有與高木一同度過的那些日子——

・・・

那應該是冬季的某一天。

「你臉色不太好看呢。」

立井從大學回家後，高木如是對他說。高木似乎察覺了些什麼，約立井出去散步。時間已經快到晚上十一點，與其說是散步，更像是深夜在外遊蕩的時間。

「怎麼了嗎？」

反正都要出門了，於是乾脆去新年參拜的兩人前往神社途中，高木如是問道。他穿著黑色長大衣，兩手插在口袋裡。

「沒什麼大不了的。」立井呼出白煙。「大學學長去上了啟發自我講座。」

那個學長參加了跨校的全方位活動社團。雖然立井連這種社團的存在都一無所知，但就是無聊沒事做的年輕人湊在一起喝酒或者滑雪的集團。雖說光這樣聽起來還算正派，但實際上都是些老鼠會之流的溫床。

「而且還不是參加那種有聽過名稱的大型講座。透過二手APP販賣限定商品，從海外網站隨意擷取並剪輯影片刊登以賺取廣告收入，稍微賺了點錢就假裝成暴發戶，發行『大學中輟的我之所以能月入百萬的理由』之類的免費刊物，並且兜售個人著作。而這講座的參加費要價五萬日圓喔？笑死人了。」

雖然立井說得輕佻，但高木始終一臉嚴肅。他一對漆黑的眸子看著前方並用一句「然後呢？」催促立井。「你阻止他了嗎？」

「當然啊，我說當你會花大錢購買沒用情報的時候，就表示你沒賺大錢的才能。」

「以你的作風而言這講得真嚴厲。」

「不過他沒聽進去。」

立井仰天嘆息。

學長到最後都沒有改變想法，因為找工作不順而煩悶的他似乎被講座講師盯上了。正當他為了高額助學貸款與無法進入一流企業而煩惱的時候，被對方以黑心企業及年金相關說詞騙了進去。對方煽動學長的不安，甚至洗腦他沒有其他選項。立井的勸說也以失敗告終。

當然，學長最後走上怎樣的人生，終究是他自己的責任——

但心頭上彷彿一直有根刺。

——立井想起父親消失的那一天。

即使說破嘴也無法理解彼此，甚至將父親逼到失蹤的過錯。

這時高木開口。

「立井你還是該來寫小說。」

「小說……？」

「很多時候，事情沒辦法靠自己收拾，必須有其他人加以協助。無論用對話、演講、影像作品，什麼方法都好。而對我來說，最好的方法就是寫小說，你呢？你要怎麼處理煎熬你內心的情感呢？」

高木鬆開嘴角。

「如果你真的想面對，我也會協助你。」

這句話消除了立井的猶豫之情。

他一口氣說出自己的構想。大學課堂上覺得有興趣的研究、父親失蹤時衝擊內心的寂寥、在免費廉價住宿處看到的寂靜朝陽，以及想要把這些託付給什麼樣經歷的登場人物。

彷彿拼圖那般，高木把立井吐露的衝動化為故事。立井儘管佩服他高竿的能力，但若他修改了絕對無法退讓的部分仍會出言反駁。雖然他們議論過很多次潮海晴的作品，卻是第一次討論立井潤貴寫下的故事。

那是在他們開始分身生活後一年八個月。

高木健介失蹤前四個月的事。

・・・

一股櫻花香氣撲鼻而來。

甜美、溫柔、有些懷念，讓人心安的香氣。

年幼時如此主張的立井常被人取笑，說櫻花沒有氣味。立井因此覺得寂寞，無論他怎麼說，都被笑說是錯覺。班上同學一起去聞中庭綻放的櫻花，並且確認沒有氣味。

立井下了令他想起這過去一幕的計程車後，深深吸了一口氣。

有股甜美香氣。

是日本山櫻的氣味。

這個品種與染井吉野櫻不同，帶著微微香氣。

立井造訪了關東郊區的山麓地，那裡種植了約兩百株日本山櫻。即使夕陽西下，櫻花樹下也鋪著藍色塑膠布。攤販一字排開，醬汁的燒焦氣味與櫻花香氣混雜一起。

燈光只照亮了攤販附近一角。

立井抬頭仰望山巔，但實在太暗，看起來只像一個黑色團塊鎮座於那兒。如果是白天，應該可以在萬綠叢中找出點點桃色的日本山櫻。

立井背對照明前行，進入山中。周遭為黑暗包圍，甚至看不清腳邊，只能依賴從山麓傳來的些許照明與月光。立井內心無比冰冷，並不覺得恐懼。

他告訴自己，高木應該會來這裡。

即使今天沒來，幾天內也一定會造訪。他想不到其他地方。

立井無法推論高木會出現在這賞花區的哪裡。

他只能相信與高木健介所度過的那些時光。為了讓議論小說內容後疲勞的頭腦休息而散步時，兩人總是漫無目的地走著。在一起生活一年之後，立井多少能夠推測高木前行的方向，於是他能在沒經過高木確認的狀況下轉彎。最後能夠依賴的，只有作為高木健介「分身」的直覺了。

上山之後，眼前是一座景色壯麗、視野開闊的懸崖。城鎮燈光像是淺灘附近的海螢那樣閃閃發光，甜美的香氣再次撲鼻而來。

那個人站在日本山櫻底下。

「——高木。」

「立井？」高木轉過來，歪了歪頭。

立井內心有些遺憾，原本以為他會顯得更驚訝一點。

高木的打扮一如平常。連袖口都熨燙平整的白襯衫、黑色西裝褲，右手揹著藍色背包。雖然因為天色漆黑而看不清楚，但他一定正以那對深邃眼眸凝視著立井吧。

「你真厲害，居然找得到這裡。」

高木的態度與這句話相反，聲音中並沒有太驚訝的情緒。

「我花了很大功夫。」

「我想也是。」

立井有種很神奇的感覺，明明想要立刻逼問他，話語卻卡在喉嚨出不來。立井花了一點時間，才導出自己想優先問他什麼的答案。

「吉田真衣——還活著嗎？」

即使這麼問，高木也沒有太大反應。

「你要親眼看看嗎？」

他戴著手套，橡膠手套。或許才剛派上用場。

「分身，來這邊。」

殺人魔戴著手套，露出淡淡笑容。

高木健介深入山林。

月光與山麓的氣球型照明帶來了微微光亮，但高木前進之處連月光都被樹林遮掩，完全是一片黑暗。

立井下定決心，踏出腳步往傳來高木聲音的方向去。這條路並不險峻，甚至車輛都還能夠開到這座山的半山腰上。只要小心走在鋪設好的水泥路上，應該不至於摔下山。

立井打開手機的手電筒功能，但高木令他關掉。

簡直像在逃命。

悄悄進入深山裡，不被任何人發現。

立井持續朝傳來高木腳步聲的方位前進。

旁邊好像有岩壁讓空氣突然變冷，立井戰戰兢兢地伸手，就摸到了僵硬的石壁摩擦著手指。在看不見東西的狀況下，其他感官變得敏銳許多。

「我有很多事情該跟你說，也想問你。」

先打開話題的是高木。

在黑暗之中，只聽得見高木的腳步聲。

「我可以先問你嗎？你是怎麼追查到這裡的？」

立井於是說明自己申請了高木的戶籍謄本追蹤他的過去，與高木哲也、峰壯一和伊佐木志野見面並收集情報的相關狀況。

「我也查到你犯下的殺人案，全都是為了妹妹吉田真衣對吧？」

高木沒有反應，只是默默地走在山路上。

立井至今仍無法捨棄高木否認所有殺人行為的渺小期望。無論哪一樁殺人案都是證據確鑿，但立井希望只是自己弄錯，希望高木親口說出不一樣的真相。

但到了這一步，似乎無法期望會有這麼剛好的真相出現。

「第一次殺人是為了取得自己的戶籍——但應該還有更關鍵的理由吧？」

立井對著默默不語的高木說道：

「因為你母親又生產了對吧？你為了不要讓妹妹變成無戶籍而殺了父親。」

在躲避家暴前夫途中，即使產下第二胎也無法申報戶口。若沒有戶口，吉田真衣就會跟高木健介一樣無法上小學。

立井繼續推理。

「第二次殺人更不用說了，是為了從母親手中拯救妹妹。」

高木健介取得戶籍之後得以順利上小學，但無法與母親同住，成了高木哲也的養子。這時，他與妹妹分開了。

當高木再次見到妹妹，究竟承受多大的打擊呢？

之後經過許多曲折離奇的狀況，兩人開始在小小的公寓同居——

「為什麼沒有在這個階段停止殺人？」

立井當然察覺了，但他還是想訴說。並不是針對高木，而是想咒罵某種更龐大的，彷彿命運的安排結果。

希望高木健介與吉田真衣兩人一起獲得幸福——

這是立井最直率的願望。

他直直瞪著高木。

高木那頭墨一般的黑髮幾乎融入了黑夜。

「應該是純潔的靈魂吧。」

聲音冰冷得有如結凍，感覺不出任何情感。

立井覺得自己背脊發涼。

「你的推理大致上正確。若要補充，就是再怎麼說，七歲的我是不懂法律的。」

即使如此，他仍掌握到只要父親活著，妹妹又會陷入不幸。

「我覺得他是病原菌。」

高木緩緩說道。

「父親散播的病原菌逐一感染他人。因為父親施暴，所以我的母親必須逃命而陷入貧困狀態；母親因為在乎錢，所以犧牲女兒榨取榮田重道的錢財；付不出錢的榮田重道因此犯下了恐嚇罪。父親的病原菌感染並影響了他人，一旦被感染了就無法逃脫，想抵抗也沒有餘力。個人的力量無法對抗，只會持續一輩子呻吟、痛苦、嘆息、悲傷，時而傷害他人的人生。」

聲音之中夾雜著苦澀。

「即使誕生時美麗的靈魂，最終仍被玷汙、消失，並遭到遺忘。」

高木的背影染上了哀愁。

他或許想起了母親吧。即使是被高木殺害了的她，也有許多人前來奔喪。她應該也有過與朋友一起談論未來的日子。

立井也想起了榮田重道。其實他也有父母疼愛。不知他在故鄉過了什麼樣的童年呢？

——他們究竟是在哪裡走上錯路？

立井忍住愈來愈心痛的衝動，繼續提問：

「你為什麼選了我當分身？」

「既然都已經追查到這裡，你應該察覺到部分原因了吧？」

「我想聽你說。」

「爭取時間吧，我不能在殺了榮田重道後立刻被捕。」

「除此之外呢？」

這個問題讓高木停下腳步，取出手電筒照亮森林深處。習慣黑暗的立井突然覺得眼界一片白，但也漸漸適應了。

高木跨出鋪設好的水泥地，踏進森林內。略略傾斜的下坡路上堆滿樹葉，要是腳下一滑恐怕就會一路滾到山谷去。

高木似乎有什麼想讓立井看看。

立井做好了覺悟。立井之所以能找到高木，是因為看出了他殺人的邏輯。雖然他用感染比喻，但受害者們之間有一定的關聯性存在。

高木放慢腳步。

「立井，你利用我的身分證收集了我的過去情報，偶爾甚至會假扮成我。」

「嗯……沒錯。」

「你不覺得我也可以做一樣的事嗎？」

高木平靜地說道。

「你捨棄自己身分證的這兩年，我可以盡情使用立井潤貴的身分證。我大可以自稱立井潤貴，追查過去，並且透過從你口中得知的情報化身為你，約到他人。」

第一次與高木見面時，立井潤貴把身分證交給了高木。相對他也取得了高木的身分證，因此沒有太在意這點。

高木健介在一棵大樹前停下腳步，以手電筒照亮了它。

一位男性倒在樹木陰暗處。

「我殺了你父親。」

立井凝視著父親的遺體。

第一次看到的遺體——而且是親生父親的遺體帶給立井的衝擊沒有想像中那樣大。

立井沒有慌亂，冷靜地看著父親最後的下場。看起來離死亡時間沒過多久，像是斷了線的木偶那般癱著四肢倚在大樹上。喉頭滴著鮮紅血液，是一具失血不多的漂亮遺體。

立井有預料到自己的父親——立井敏郎是高木健介的下一個目標。

立井曾對高木說過這賞花會場是充滿他們家族回憶的場所。如果高木健介想利用立井的名字殺害立井敏郎，應該會約在這裡吧。

以及，父親或許——

立井敏郎喉頭插著一根棒狀物，應該是用來犯案的凶器——高木愛用的鋼珠筆。是吉田真衣送給高木的禮物。

「我回答你的問題。」高木說道。「真衣死了。」

立井只是輕輕頷首，這也是他預測到的結果之一。

「死因是自殺嗎？」

高木顯得有些意外地說「你竟然知道」。

立井表示因為看到了破舊公寓裡的威脅信，高木不禁感嘆。

這一切都是寫在「《椿子》原案」的內容。

高木健介因生活窮困而憔悴——吉田真衣為了哥哥著想，開始尋找自己也可以賺到錢的方法。

「吉田真衣跟立井敏郎見面了吧？」

實在太不巧了。因為立井敏郎開辦了強調「無論學生或主婦，任誰都能做到」的網路商務講座，且第一次可以免費上課。沒錢又無法打工的吉田真衣看到傳單之後，被吸引過去了吧。

「不，應該用重逢形容比較正確。」立井訂正。

「看來是如此。」高木表示同意。「立井敏郎跟榮田重道發生交通事故糾紛的時候，吉田真衣就坐在榮田重道車上後座。」

立井想起過去立井敏郎受到的恐嚇。榮田重道要求父親支付「害女兒受傷的醫藥費」，但警察表示榮田重道單身。案發當時在車上的不可能是他女兒，榮田謊稱吉田真衣是女兒並要求立井敏郎支付醫藥費。

如果真是這樣，這次重逢真是糟透了。

立井敏郎看見導致自己家庭毀滅的少女，會有什麼盤算——

「立井敏郎誤以為榮田重道與吉田真衣是父女，於是從我們身上榨取金錢。」

高木對遺體投射冰冷目光。

立井想起塞在公寓信箱內的威脅信，以及各種毀謗中傷。

「正好是我得以出道的時候。」

高木關掉手電筒，周遭再度覆上一層黑暗。

「從世間的角度來看，我的行為是誘拐未成年少女。如果立井敏郎去報案，我甚至有可能被逮捕。真衣是個善良的孩子，她知道怎麼做最不會給我添麻煩。」

高木說道：

「身分不明的少女遺體被發現之後，一切就結束了。」

高木沒有繼續說下去，立井也沒再追問。

潮海晴的第三部作品《椿子》裡，始終牽著手的主角與女主角最終放開了手，迎來結局。

「我必須摘除。」

那是令人感到悲痛的聲音。

「都是我沒能消除父親散播的病原菌造成的。如果我早點殺了榮田重道，立井敏郎就不會變成壞人；若能殺掉立井敏郎，真衣就不會死。我必須在榮田重道和立井敏郎催生更多惡，產生更多犧牲者，世上的靈魂遭到汙染之前，消除父親散播的所有病原菌才行。」

「那也不代表你可以殺害——」

「法律救不了我們。」

被強力的眼光注視，立井說不出話。

「你應該明白吧？我在七歲以前是幽靈人口，被世界遺忘的我們無法得救。」

他詭異的雙眸在黑暗中反射月光。

悲哀的殺人魔就在那裡——

立井想不到其他形容。

他什麼也沒說，接著聽見高木呼氣的聲音。

「不過，我也到此為止了。」

在立井反問什麼意思之前，便聽見腳步聲從斜坡上傳來。抬起頭的瞬間，被炫目的光芒包圍而感到一陣暈眩。兩人遭到強光照射。

立井用手遮住光線確認來者，雖然因為逆光而無法看清模樣，但應該有不只一人正俯視著這邊。

高木以平坦的聲音嘀咕：

「看來是被警察找到了。」

立井心臟猛跳。

如同高木所說，那些人是警察。仔細一看可以發現審訊立井的刑警身影，看上去大概有六個人。警察們站在前方約三十公尺處。

立井一驚轉過身去。

他們用手電筒照亮的地方有著立井敏郎的遺體，喉嚨正淌著血，是死亡後還沒開始僵硬的屍體。

刑警雖然大聲喊叫，但立井沒有認真聽。他腦海裡只有為何露餡了的疑問。

「你被跟蹤了吧。」高木嘀咕。「沒關係，遲早會迎接這樣的結局。我已經完成了目的，真是太好了。」

立井想起在破爛公寓感覺到的視線。今天白天離開警察署之後，可能就一直被跟蹤著吧。現在想想，高木就是警戒著這點，才發出「不要追查」的訊息給立井。

高木一臉平靜，像是悟了一切。

「我們要在這裡道別了。我會騙警察說『立井潤貴是父親被抓了當人質才這樣』，事後律師會給你一筆錢。」

「這筆錢是要做什麼的？」

「安撫費。你只是個受害者，應該會被輕判。之後可以用那筆錢租一間房。你的腰傷治好了，也努力學習到可以考取證照的程度。雖然算不上富裕，但也不至於悲慘到想要尋死了吧？」

高木朝向警察踏出一步。

他的背影看起來他期望被逮捕。

「還沒。」立井急忙叫住。「你還沒告訴我，我們的分身生活究竟有什麼意義？因為你想殺掉我爸只是理由之一，對吧？」

高木停下腳步轉過身。

「我想拯救你。」

「我？」

「我想與父親散播的邪惡與貧困病毒搏鬥。父親迫害母親、母親迫害榮田、榮田迫害了立井敏郎。我想要拯救這個循環盡頭的受害者，想在引發更多負面循環之前終結它，想拯救被遺忘的靈魂。」

好不容易找到的你竟然正打算自殺，還真讓我慌了。高木自嘲般嘀咕。

「我很滿足。若殺了四個人的殺人魔最後可以拯救某個人，便是夠充分的好結局了。」

立井啞口無言地回視高木。

尋找否定話語。

緊緊握拳心想，只有自己獲救算什麼好結局。

高木似乎已經覺悟這個結果，也許他在兩人相遇之前便已預測這般結局。

「再見了。」高木說完踏出腳步，舉高雙手表示沒有抵抗意圖，往手電筒燈光的方向過去。警方似乎也因為高木順從的態度而放鬆下來。

立井有種胸口被緊緊揪住的感覺。

明明有話想說卻發不出聲音，彷彿喉嚨被鎖死。

他看了看身後的父親遺體，怒氣爆發，想到往高木毫無防備的後腦狠狠揍下去的選項；同時想到對離去的背影訴說感謝的選項，腦中浮現好幾種惜別話語。鳥兒在某處啼鳴，無數未來在啼聲停止之前滿盈而出。立井怨恨著只能從中擇一的殘酷，像戳破泡沫那樣甩開好幾個虛幻的將來，下定決心。

往前大跨一步，用力握住高木手臂。「我們逃。」

「為什麼？」高木睜大了眼。

「之後再說！總之快跑！」

立井強行扯住高木手臂，高木的身體輕易地搖晃。

警察看到立井的暴行大喝，但立井沒管警察，拉著高木奔入深山中。警察急忙滑下斜坡的聲音從背後傳來。

手電筒的亮光追著立井等人，立井沒有仰賴這些光芒，只是奔在沒有道路的地面上。比起沒有光線的恐怖，警察的恫嚇更是可怕。

高木沒有表現反抗立井的態度，但臉上浮現著困惑。

「夠了，我會去自首，這樣一切就結束了。」

聲音裡面混雜了無奈心情。現在他也很有可能甩開立井的手，回身投案去。

立井就是不滿他這樣，於是加重了手上力道。

「你可是有雙重殺人嫌疑喔。」

「不是嫌疑，是事實啊。」

「要是被判了死刑該怎麼辦！」

立井大聲說道。

他學過，在日本判處死刑的判斷基準之一是殺害的人數。當然因為同時要考量計畫性與殘忍程度，所以不能一概而論，但基本上有著殺害超過兩人的犯人，比較容易被判處死刑的傾向。

這也是立井尋找高木健介的理由之一。

如果高木又犯下殺人案，他就──

這時，立井腳下一滑，與高木一起滾落斜坡。因為天色昏黑的關係，他沒有發現前方是一片懸崖。雖說幸好這是一段不算太陡的懸崖，但兩人仍往下滾了將近十公尺，途中被生長出來的樹枝劃破臉頰，閃過陣陣刺痛。

立井落地之後捧著臉頰，指尖確實地感受到黏呼呼的血液觸感，臉頰應該被割傷了。

兩人因此與警方拉開距離，警察在懸崖上不斷揮舞手電筒尋找立井兩人的下落，必須趁現在快點離開。

他再次拉起高木的手臂。

這回高木抵抗了，他並不打算離開這裡。

「說現實的。」高木冷靜的聲音響起。「我不認為逃得過警方追捕。」

這判斷非常合理，持續走在一片漆黑的山路等於是一種自殺行為。即使運氣好能逃過警察，也永遠會被當成罪犯追捕吧。

即使如此，立井仍不得不反抗。

「你的小說要怎麼辦？」

說服不為所動的高木。

「你不是一路寫了過來嗎？即使世界對自己沒興趣、忘了自己，也想表示『我們在這裡』，想至少在他人心中留下印象，想拯救他人！」

「這只是願望，妹妹離世之後我多少察覺了，我做不到。無論花費多長時間，我都無法達到理想中的小說。我的故事只是隔岸觀火，無法留在他人心中，無法改變什麼。在你協助之下完成的第三作，也只會被評為可憐少年的故事——終究有一天被遺忘。」

高木的眼眸滿溢著死心。

「我也想選擇不同手段，想寫出能拯救他們靈魂的故事，但我只會殺人。我會在判處我死刑的法庭上述說我和真衣的回憶。」

立井想起每天關在家裡面對電腦的高木身影。即使扯出小說，或許仍無法動搖現在的他。

示。

他一直在摸索殺人之外的選項嗎？

這時候，警察手電筒的亮光再次掌握立井等人，同時可以聽到繞過去之類的指

沒時間了。

「你知道！」立井說道。「你知道吉田真衣寄信給伊佐木志野嗎？」

這下高木總算表現出像是反應的反應了。

「真衣寄信給伊佐木……？」

「對，沒錯。」立井逼過去抓住高木肩膀。「從時間來推斷，她應該是自殺之前，寄了一封信給摯友當作遺書。裡面說『我過著快樂的每一天，與高木在一起很幸福』啊！直到最後的最後，她都很感謝你！她難道不是希望你幸福嗎？」

高木低聲嘀咕：

「信件內容只有這樣……？」

「我不知道全文是什麼，但只要活著就有機會讀到。」

所以你必須繼續逃命。

立井雖然在手臂加諸力量，但高木仍動也不動。

高木煩惱著，簡直像是面對人生最重要的決定那樣，滿臉困惑地輕輕張口，又垂下目光。

立井是第一次看到高木這樣的反應，可能不太妙。

一位刑警奔來。

正當被追到只差幾公尺的時候——高木總算動了。

能夠逃跑的方向只有一個，就是朝黑暗的山崖跳下去。將注意力集中在雙腳，持續於地面滑行。樹枝打在大腿上，但沒有餘力感覺痛。

停止墜落之後，立井與高木小聲地確認目前所在地，並伸手摸到同一個地方。從地面的觸感判斷，應該是滑到了山路上，警察還在山崖上手忙腳亂。

山路為粗木鋪設成的樓梯，只要謹慎地踏著這些粗木前進，應能避免摔落山谷。如果再從山崖上摔下去，這回可能真的會沒命。

「你打算怎麼辦？」高木挑釁似地說道。「你該不會說服我了，卻一點計畫也沒有吧？」

立井咬唇，呼了一口氣。

「我去自首，並做偽證表示是『立井潤貴』殺害了榮田重道和立井敏郎。」

立井聽見高木抽了一口氣的聲音。

「等一下，為什麼你要這樣？」高木壓低聲音。「你該不會還——」

「不，我已經不想死了，但是『立井潤貴』有明確的殺人動機。榮田毀了自己的家，父親捨棄了家人，比起狀況複雜的『高木健介』更容易爭取酌情緩刑。現在跟以前不一樣，即使殺害父母也不會被加重判刑對吧？只要我做好吃牢飯的覺悟，就可以避免死刑。」

立井沒有對警察透露高木健介的生活狀況。他們掌握到的情報並不多，確實有可能騙過去。

高木臉上浮現困惑神色。

「我以為你已經把我們之間的祕密全告訴警察了。」

「怎麼可能。」

「但我不懂。無論多少次我都想問，為什麼你要做到這種程度？」高木強調。

「我可是殺了你父親啊。」

「我沒有原諒你。儘管是禍根，但老爸就是老爸。你的行為是錯的，手段太激進。但問題不在這裡，無論正確與否，你都是我的恩人，我必須想辦法讓恩人活下去。」

高木花了一點時間才回應。

些許呼吸聲與腳步聲混在蟲鳴之中。

立井持續等待，他已經把想傳達的情緒都吐露出去了。

剩下的就是聽取高木的決定。

後來，高木忽然放鬆表情。

並低聲說，今天老是被你嚇到呢。

這聲音聽起來像是覺得懊悔，又覺得開心。

「你要去自首會有個很大的問題。」高木停止前進，當場坐下。「我們必須串通好所有細節，只要有破綻就會被發現，一直辯解無法爭取酌情緩刑。」

「也就是？」

「我們得創造一篇很棒的故事出來。」

求之不得。

觀察四周，沒有看到手電筒光線。有可能是因為拉開了充分距離，也可能是警方覺得漫無目標在晚上的山中搜索太危險而放棄。

立井也停下腳步，在高木身邊坐下。兩人並排著倚靠樹木。

然後兩人一起編織說給警方聽的虛構故事。

早已習慣累積謊言的工作了。

創造立井潤貴和高木健介彼此共鳴、吸引對方的動機，混雜謊言與真實打造故事。要賺人熱淚，同時不能太露骨。

高木思考故事內容，立井負責看出故事中的不自然之處，並提出對策。若高木因此瞪著他反駁，立井也會強調自身主張為何。當兩人同時保持沉默，卻不知為何會同時想出優秀的點子。

「真懷念。」立井笑了。「雖然覺得是很久之前的事了，但我們常常這樣議論呢。」

「立井很嚴格，只要登場人物的行動有一點點奇怪，就會立刻點出。」

這感覺很不可思議。

充分感受到面對審訊的困難之處。

如果不是連細節都顧慮到的謊言，一定會輕易被刑警看穿吧。

但完全感受不到一抹不安。

如果是與高木共同創作的故事，想必甚至能欺瞞世界。

大致上完成之後，高木說著「休息一下吧」並從背包取出寶特瓶。是他平常愛用的礦泉水。

他打開瓶蓋，先遞出了瓶子。

立井說其實我也準備了這個，並從包包拿出兩個保溫杯。他一直隨身攜帶著自己準備的兩週年禮物，手邊還有為了當作晚餐而在車站便利商店購買的飯糰。高木將水倒入保溫杯，立井則讓高木先選了喜歡的飯糰口味。

兩人乾杯。

因為一路爬上山來所以口很渴，立井於是一口氣喝乾杯中水。高木也說出已經好幾年沒有吃過一頓像樣的飯這般難以置信的話，咬下了飯糰。

立井深吸山中空氣，日本山櫻的香氣混在土壤與腐朽樹木的氣味之中，看來花就開在附近。

高木指了指正上方，以手機的微弱背光照過去。

立井也「嗯」了一聲，兩人倚靠著的就是一株日本山櫻。雖然因為天色太暗而看不清顏色，但這氣味不會錯。立井在空中抓住散落的花瓣，以手指捏碎後，散發出水果般的甘甜香氣。

「變成賞花了呢。」高木悠哉地說。「欸，在我們重新開始慶功宴之前，可以聽我說些回憶嗎？」

真難得，高木竟然主動想開口。

高木像是把原本封鎖著的那些全排放出來般說著。

身為無戶籍兒童關在家裡時，隔著窗戶看見的煙火有多麼美。

第一次握住剛出生的吉田真衣小手時的感受有多麼虛幻。

與峰一起從小學蹺課，在自動販賣機購買的可可有多麼甘甜。

與長大後的吉田真衣一起前往的海邊海水有多麼冰冷。

與她一起生活後首度撰寫的小說有多麼粗糙、投注了多麼強大的熱情。

高木像是把每一件、每一樣當成寶物那般述說著。

立井心想，我一定不會忘記這段對話吧。

但聊到一半，他察覺了一些異樣。

「我說高木啊。」立井平靜地說道。「——我有點睏了。」

「嗯，我想時間差不多了。」

高木拿起寶特瓶。

「立井，你真的很厲害。如果是我，就不會喝殺人魔給我的水。」

——安眠藥。

記得警察說過。

高木事前便已購買的。本來是打算用來殺人嗎？

「為什麼……？」立井話都說不好了。

腦袋與意志相反，愈來愈沉重，全身變得無力。

眼睛睜不開，視野模糊不清。

「其實我為了釣出你父親，把你寫的小說寄給他看了。」

高木唐突地開始說明。

立井敏郎似乎遲遲不肯回應自稱為兒子的人邀約，猶豫著要不要與兒子相見。但高木寄出立井所寫的小說之後，反應突然變得很好，似乎在想好好跟兒子致歉的情緒驅使下，來到了這賞花會場。

「你很厲害，能夠寫出打動人心的小說。」

立井沒有心情指責這樣的結果最終引發了悲劇，現況也容不得他因自己的話語能打動父親而喜悅。

在漸漸淡去的思考之中，只有一個問題非常鮮明。

高木究竟在盤算什麼——

「——別了，我。」

他簡短說道，以中指輕彈了立井額頭一下。

無論怎樣強烈地希望，身體都無法自由活動。立井無法抵抗推倒自己的力量而倒下。

終章

伊佐木志野打開信封，一股春天氣味飄散開來。

她在鎮上的展望台打開突然寄到自己手邊的信件。如果在院所展信會引發其他小孩好奇，既然不知道裡面裝了些什麼，她這麼做也是理所當然。

平日的展望台上沒有人煙，應該沒有人閒到會特地登上這距離車站徒步十五分鐘，上面又只有一座展望台的山丘吧。對想要獨處的伊佐木而言，這裡是非常方便的地方。

裡面裝了櫻花樹枝與以塑膠帶包起來的書本。

沒有附上信件。伊佐木心想怎麼回事，於是看了看寄件人姓名。

寄件人是──高木健介。

「已經是兩年前的事了啊。」

兩年前，高木健介發了奇怪的委託來，要伊佐木告知一位名為立井潤貴的男子停止調查。伊佐木在那之後與立井相遇，但他並沒有說明狀況就離開了鎮上。

結果立井並沒有將自身意圖告知伊佐木。

只是在見面之後幾天，她看到一則恐怖的新聞。

『警方逮捕了殺害父親的嫌犯，目前無業的立井潤貴（21）。』

他的新聞彷彿只是附屬品一般，在演藝人員外遇消息後的短短一分鐘帶過去。立井潤貴似乎約了父親在賞花會場碰面，並將之殺害。在他殺人之前幫助他生活的男子雖然被函送檢方偵辦，但似乎只判了輕罪。

伊佐木困惑的是，新聞節目上瞬間閃過的「立井潤貴」模樣。

看起來像是別人。伊佐木覺得兩人之間有著剛見過他沒多久的自己才能看出的尷尬差異，當然這也可能只是錯覺——

立井潤貴的審判仍持續著。

據說他也與在杉並區的水池發現的殺人案有關。雖然原本要求處極刑，但當犯人的犯案動機被報導出來之後，輿論一面倒地轉向支持他。檢方於是求處二十年徒刑，至少免去了死刑。

伊佐木重新確認信封，信封外面沒有任何訊息。看了看裡面，那是一本潮海晴的小說單行本，她對這本書有印象，曾經在書店的平台櫃位看過此書大量平放。這是作者的第四部作品，但似乎賣得比前三部好上許多。

伊佐木在不是很能接受的情緒之下，從頭開始閱讀小說。

並沉浸其中。

這是她人生中首度體驗到沉浸在小說之中的感覺。指尖施力、感覺窒息，貪戀似地翻過頁面。途中甚至流出淚水，擦了好幾次，並在一動也不動地，當場讀了整整三個小時。

並且——接受吉田真衣已不在人世的事實。

雖然沒有具體描寫表示作品中人物就是吉田真衣，但伊佐木讀完的同時，確定自己的摯友以悲劇收場。關於她的結局只有些許且分散的記述，細微到若是簡單讀過甚至無法察覺的程度。

伊佐木抱著書本，放聲大哭。

回想起來的是真衣最後寄給她的信。

『我每天都很快樂，跟高木先生在一起很幸福。拜託妳，請記得我，請記得我的靈魂曾經在此。』

潮海晴的第四部作品，就是為了回應少女這般想法的小說。

雖然是令人遺憾的故事，但那之中確實存在著救贖。

・・・

身體漸漸無力，仰頭倒下之後聽見了落葉破碎的聲音。

——別了，我。

搭檔如此說完之後，我理解了。

自己應該很快就會失去意識吧。看是我先被發現，還是自己先醒來。雖然不知道會是哪一個，但總之是明天早上的事情了。

我能想像在這之間，搭檔會怎樣欺騙警察，而我也無法阻止他。

「這次換我給你我的名字——」

我對著搭檔說道。

「相對的我將繼承你的名字。」

搭檔開心地笑開了。

我知道你是怎麼獲得自己的名字，所以我想就丟了吧，不要繼續當那個人了，讓我接收。不只接收你的名字，更要繼承你沒完成的使命，但我與你不同，我要用你放棄的做法完成。這樣就好了吧？

我想這麼說。

但喉嚨已發不出聲音，眼皮沉重、視野為黑暗包圍。

——有緣再見。

搭檔的聲音留在耳底。

——謝謝你救了我。

我擠出最後的力量頷首。

・・・

反覆重讀最後一幕好幾次。

主角在封閉的房內因失去妹妹而悲嘆、掙扎、痛苦，即使如此，最後仍懷抱著她的意念，走向開闊的世界。

讀過的人將無法忘懷，抱著揪心的痛活下去。並且強烈地希冀，終有一日能拯救擁有與他們相同靈魂孩子們的未來能夠到來。

將這對兄妹的存在深深刻在心上——

這是無比純粹的鎮魂與祈禱故事。

他們的靈魂在此。

輕文學 Light Literature

獻給活在當下的每一個人，
最為極致動人的愛情故事——

妳在月夜裡閃耀光輝

佐野徹夜／著　韓宛庭／譯

重要之人辭世後，岡田卓也只是渾渾噩噩活著，直到他在高中邂逅一位罹患「發光病」的絕症少女，並答應幫忙她實現願望。
當清單上的願望一個個消去，少女的生命也靜靜消逝。終於，少女在月夜散發出燦爛光芒，她的最後一個願望是——

定價：NT$280/HK$85

衝擊與感動貫穿人心，
前所未有的慟哭推理之作！

15 歲的恐怖分子

松村涼哉 / 著　何陽 / 譯

「我在新宿車站設置了炸彈，這不是騙人的。」

在有如玩笑般的恐怖攻擊預告後，新宿車站爆炸了。嫌犯，是一名年僅 15 歲的少年。少年失去蹤影，但追查的的記者安藤卻發現，他也是少年犯罪的受害者……當安藤逐漸逼近真相時，15 歲的恐怖分子，正準備迎向他的最後一戰——

定價：NT $ 260 元 /HK $ 87 元

國家圖書館出版品預行編目資料

那一日，我不再是我 / 松村涼哉著；何陽譯. -- 一版. -- 臺北市：臺灣角川股份有限公司，2022.03
面；　公分
譯自：僕が僕をやめる日
ISBN 978-626-321-293-0(平裝)

861.57　　111000562

輕文學
Light Literature

那一日，我不再是我

原著名＊僕が僕をやめる日

作　　者＊松村涼哉
插　　畫＊たえ
譯　　者＊何陽

2022年3月23日　一版第1刷發行

發 行 人＊岩崎剛人
總　　監＊呂慧君
總 編 輯＊蔡佩芬
主　　編＊李維莉
美術設計＊李曼庭
印　　務＊李明修（主任）、張加恩（主任）、張凱棋

台灣角川

發 行 所＊台灣角川股份有限公司
地　　址＊104470台北市中山區松江路223號3樓
電　　話＊（02）2515-3000
傳　　真＊（02）2515-0033
網　　址＊http://www.kadokawa.com.tw
劃撥帳戶＊台灣角川股份有限公司
劃撥帳號＊19487412
法律顧問＊有澤法律事務所
製　　版＊尚騰印刷事業有限公司
I S B N＊978-626-321-293-0